O DELÍRIO FILOSÓFICO DO HISTORIADOR SALEM ZOAR

a maru
a felipe
que, bem ou mal,
acompanharam SZ

Carlos Malferrari

O DELIRIO FILOSOFICO DO HISTORIADOR SALEM ZOAR

2ª edição, 2023, São Paulo

LARANJA ORIGINAL

Sumário

Como posso não querer a dor
se pela dor do parto eu venho
e para a dor da morte eu vou

Grafite, Ort. Odora

I

A CESSAÇÃO DO MOVIMENTO E DO TEMPO

Não era o apocalipse das religiões, mas lá nos extremos mais distantes do cosmos o movimento estava cessando. Todas as estrelas, todas as ondas e partículas que antes, desde o notório grande estrondo, se afastavam de nós e umas das outras - asteroides e planetas, plasmas e radiações, quasares e quarks desgarrados, o diabo a quatro - começaram a parar, de súbito, sem aparente aviso prévio. Para perplexidade dos cosmologistas e dos peritos nucleares, não havia mais como falar em órbitas ou percursos intra-atômicos agora que corpos celestes e microscópicos não tinham mais pressa nem direção para se mover. A isotropia cosmológica ameaçava romper-se, embora a matéria continuasse enganando os olhos dos terráqueos e dela emanasse a ilusão de que tudo ainda estava mais coeso que nunca. Porém, a ausência de movimento já começara a virar as leis da astrofísica e da termodinâmica de pernas para o ar e a provocar aterradoras mutações gravitacionais, que iam pipocando em todo canto. Quanto àqueles tortuosos não buracos não negros, aquelas vetustas bolotas de hipermassa que outrora aparentavam sorver a luz e a matéria circunvizinhas, era como houvessem se saciado, ou fingido se saciar, pois agora até a luz às vezes ia se imobilizando por volição própria; as poucas réstias que resolutamente ainda punham o pé na estrada - confusas, coitadas, às vezes constituídas por fótons, às vezes geradas por oscilação – estavam chegando até nós a velocidades espantosas, e davam testemunho, com imagens pálidas e sem contraste, dessa amargosa situação de paralisia ultragaláctica.

Seja como for, a luz que restara movia-se agora, não por acaso, a 13.949.897 quilômetros/nanossegundo, embora nem sempre, visto que sua velocidade não era mais constante. Essa rapidez quase compensava o fato de ela haver se tornado tão escassa; indo e vindo com tanta velocidade, era como se houvesse muito mais ondas e fótons do que realmente havia. Para se ter uma ideia, tão rápida a luz se tornara que, nos bons dias e caso não se atrasasse, um fóton levava no máximo um ano antigo para viajar das bordas até o centro do universo (onde habitávamos agora) e aqui impactar nossa retina.[a] Os raios solares, por exemplo, que antes chegavam até nós em pouco mais de 8 minutos, agora costumavam demorar menos de 11 bilionésimos de segundo. E embora as nebulosas e as constelações do zodíaco acima e abaixo da eclíptica já estivessem em absoluta letargia, o Sol, ao contrário do que seria de se esperar, continuara nos orbitando a 39,3 milhões de quilômetros/hora,[b] como sempre fizera aliás, desde o princípio, produzindo dias e noites para nosso deleite e descanso. O grande luzeiro permanecera girando em torno de nós, só que, em vista da inconstância da luz (e para desconcerto dos terráqueos), os fótons mais rápidos viviam abalroando os mais lentos, o que fazia com que nosso astro-rei cintilasse no céu, tornando-se tanto mais luminoso quanto mais fótons encava-

a Naquele tempo, o raio do universo visível era 14,26 gigaparsecs, ou seja, um ano luz equivalia agora a cerca de 440 sextilhões de quilômetros.

b Isto é, $2\pi r/24$, em que r = 150 gigametros (1 unidade astronômica), a distância fixa da Terra ao Sol, cuja órbita era agora perfeitamente circular, sem afélios ou periélios para atrapalhar.

lados chegassem aqui juntos e tanto mais escuro quanto mais a velocidade da luz desacelerasse - como se fosse uma lâmpada estroboscópica ensandecida.

Por outro lado, graças à nova lepidez da luz, tornara-se possível estudar o cosmos quase em tempo real: tudo o que acontecia ou deixara de acontecer em Andrômeda [para usar a nomenclatura da velha dispensação] podia ser observado com atraso de não mais de 95 minutos antigos; as ocorrências na Grande Nuvem de Magalhães chegavam-nos com defasagem de apenas 6 minutos. Aqui, os habitantes de Irzbal, sempre propensos à euforia, se alegraram quando souberam que a imagem das cinco estrelas cruzeiras, à luz das quais julgavam-se resplandecer, chegaria até eles em três quartos de segundo, em média - menos do que demoravam os fótons vindos da Lua no regimento antigo.

Como dá pra ver, era uma conjuntura confusa, para não dizer mais. Mas o problema maior nem era tanto a imobilidade; era que lá longe, no grande ermo da orla cósmica, nos confins do além-de-tudo, o tempo, esse mais que irmão do movimento, também estava parando.[1] Mais que o torpor cósmico, mais que a aceleração dos derradeiros feixes de luz, mais que a disjunção entre matéria e energia, foi a suspensão do tempo que assustou sobremaneira os terráqueos. Inclusive os macacos.

---

1. Nem poderia deixar de fazê-lo. Com a ininterrupta aceleração da luz, todo movimento caminhava para tornar-se, no limite, instantâneo. Nos dias de pico de velocidade, a luz do Sol às vezes nos chegava em questão de femtossegundos; se continuasse assim, em breve chegaria até nós no instante em que surgisse, ou quiçá antes, fazendo picadinho da constância da duração.

Todos os seres viventes, na verdade, até as plantas, se atemorizaram. (Menos os insetos, curiosamente, e seus comparsas de ofício, os vírus, é claro.) Pois aquilo era inaudito. Depois que aprenderam a mensurar o tempo,[2] nunca mais os terráqueos presenciaram o fim do tempo ou imaginado que ainda estariam vivos para vivenciar o fim do encadeamento temporal a que a própria mensuração os havia confinado. Nem sabiam mais o que pensar, ainda mais porque essa inesperada escatologia fora confirmada e ratificada pelos cronossensores[3] que vínhamos despachando havia séculos, a bordo de satélites, para todas as fímbrias do céu.

A situação era gravíssima, pois a imobilidade do espaço-tempo se alastrava a olhos vistos e avançava rapidamente rumo a nosso planetinha. Só esse paradoxo - imobilidade que se expande - tirou o sono de muita gente.

---

2. O aprendizado forçado ocorreu durante o evento mais obscuro da antiguidade, isto é, desde que o mundo é mundo, quando os terráqueos tiveram de dar tratos à bola para medir o tempo, caso quisessem sobreviver, visto que o tempo lhes fora ao mesmo tempo tomado e imposto à revelia, como se verá oportunamente.

3. Embora não pareça, este é um fato importante, pois os terráqueos acreditavam piamente, convictamente, no diagnóstico desses aparelhos - de qualquer dispositivo manufaturado, pra falar a verdade -, mais ainda que no dos próprios olhos. Os governantes de Irzbal, eternos promulgadores, chegaram a promulgar desnecessariamente que os cronossensores eram inerrantes.

II

A PRIMEIRA GERAÇÃO DE IMORTAIS

Mesmo antes, quando os corpos e orbes celestes e subatômicos ainda vagavam à solta universo afora e trançavam e bordavam universo adentro, muita gente já não dormia. Para começar, tinham tomado súbita consciência de que nosso planetinha, situado ali bem no âmago do cosmos, era habitado por misantropos gregários que padeciam de falhas estruturais irreversíveis e potencialmente autodestrutivas. Por exemplo, quanto mais versados e matreiros se julgassem ou quisessem ser, maior era sua incapacidade de se resguardarem do próprio desejo, isto é, das aparições parasitárias atemporais, invisíveis e intermitentes que os aliciavam aqui e com as quais aliciavam acolá. Além disso, pondo mais lenha nessa fogueira de fácil combustão, um senso deslocado de virtude - cada um se achava, e realmente era, o maioral - generalizara de tal modo a inépcia que provocara uma enrascada desgraçada, talvez insolúvel, na moral, na medicina e na economia, a tal ponto que a maioria dos terráqueos optara por nem pensar muito no imbróglio que ia se formando a olhos vistos, preferindo se entreter folheando ou visualizando coletâneas e compilações de lemas e normas e estatutos, com as quais pretendiam dominar as artes de vigiar os sonhos e de vasculhar a vigília. Ora, com toda essa eterna vigilância, quase ninguém mais conseguia dormir fundo, exceto sob efeito do álcool ou do propofol, e todos viviam bem cansados, ainda mais que o trabalho, que agora chamava-se *devoção*, tornara-se estéril, isto é, esgotava-se em si mesmo e nada lhes retribuía, exceto, para alguns (e só às vezes), fama, dinheiro e poder. Naquela época, na congregação dos eleitos,[c] quanto mais alguém se exaurisse exaurindo outros, mais célebre e abastado se tornava. Por esse motivo, os célebres e abastados, amantes que eram da fama e da riqueza, e também os nãomultiplicacionistas, que amavam apenas a especulação e a ejaculação, perceberam que o labor infértil gerava-lhes prosperidade e, portanto, era bom. Todos os demais, os anônimos e os miseráveis, desconhecendo o que era fartura ou abundância, apenas se exauriam, à maneira dos escravos, e, como nada amavam ou cogitavam, não sabiam o que era bom e muito menos o que era o bem.

c Junta diretora na qual nem todos os nãomultiplicacionistas (cf. cap. XXV, p. 108) eram lúcidos erotocomatosos (cf. cap. XXXI, p. 141), mas todos os lúcidos erotocomatosos eram nãomultiplicacionistas.

Ah, sim, diante de tal afã sem fim, quase esqueci de dizer que essa profusão toda de labor improfícuo, essa tola prodigalidade de trabalho inútil, à medida que foi se acumulando, passou a retribuir, além de tesouros e renome e pecúlios, também imortalidade.

Sem gozação; naquele tempo os terráqueos estavam se tornando imortais. De verdade. Muitos já o eram e quase ninguém morria mais. Tinham trabalhado tanto e por tão minguados frutos que mereceram viver para sempre. Aliás, já estávamos na *terceira* geração de imortais e, como já almejavam ou vaticinavam alguns, às vésperas de uma quarta e, aí sim, última.

•

Tudo começara com os transcrônicos, que criam não viver (e, de fato, não viviam) no éon que lhes havia sido designado ao nascerem. Essa crença espalhara-se como fogo de palha e virara dogma, e depois axioma, a tal ponto que quase todos os terráqueos se tornaram, ou criam ter se tornado, transcrônicos. Julgando-se vitoriosos contra o tempo, quiseram mais, quiseram ser infalíveis, e foi assim que todos passaram a estar sempre certos em tudo. Cada vez mais endinheirados e despóticos, os terráqueos deixaram de errar: nunca jamais se enganavam, nunca jamais se iludiam e tudo o que faziam, diziam ou pensavam era indubitável, até mesmo aos olhos dos outros, e perfeitamente validável. No fundo no fundo, foi isso que os fez desejar serem imortais, pois de certa forma já o eram.

A imortalidade não veio de supetão para todos, é claro. Veio aos poucos, vale lembrar, e com o valioso préstimo dos médicos invasores,[d] primeiro para os nababos mais ricos e os esbodegados mais cansados, que no início ficavam apenas perambulando por aí, sempiternos, sem terem muito o que fazer agora que até o ócio se tornara ocioso. Mas não eram nada ecumênicos, isto é, não gostavam muito de ninguém e eram benquistos por poucos. No começo, a superestrutura política chegara até a repudiar sua existência: "Além de abonados, eternos? Isso já é demais!", esbravejaram os lídimos herdeiros dos proletários, o populacho periférico mantenedor do conforto alheio, ameaçando retaliar e se insurgir pela antepenúltima vez.

d Cf. cap. XXII, p. 94.

"Como os terráqueos se tornaram perpétuos?" alguém há de perguntar. Bem, o que aconteceu foi que os pioneiros, os da primeira geração, surgiram de uma adaptação genial do princípio da vacina, que provocou uma mutação tão exótica, tão inesperada e tão dispendiosa que deixou todos perplexos. Foi assim: durante séculos, como terapia profilática de longevidade, injetara-se neles não só leucócitos e eritrócitos semimortos de sehurenas [seres humanos recém-nascidos], mas também uma profusão de variadas células de fequenechea-veludias [fetos que nem chegaram a ver a luz do dia] e até de enquetesimenãtenas [entes que teria sido melhor não terem nascido]. Naquele tempo, os governantes haviam se tornado submissos às picuinhas dos proletas (os quais, à maneira das elites eleitas, gostavam muito da ideia de longevidade) e apreciaram, adotaram e resolveram levar a ideia às últimas consequências. Convocaram diligentes cronobiólogos (que naquela e em outras épocas sempre foram assalariados dos governantes), os quais, mesmo não entendendo nada de tempo ou de biologia, deram tudo de si para resolver o terrível embaraço ontológico que era a transitoriedade do nosso corpo. Pois a verdade verdadeira é que naquele tempo ninguém, nem ralé nem crème de la crème, queria morrer. Era doloroso, chato e definitivo demais, diziam. "Não merecemos isso! Queremos viver para sempre e sempre!"

Como não poderia deixar de ser, os cronobiólogos do Estado eram bem atabalhoados e, para falar a verdade, foi só por milagre – ou, para quem acredita, acaso – que conseguiram chegar às acalentadas oncovacinas neoplasmáticas que conferiam imortalidade. Aplicadas ao corpo já sobrecarregado de toxinas desses imortais incipientes, as oncovacinas começaram logo a produzir antimorte na forma de células cancerosas autóctones semivivas. Esses cânceres revelaram ser bem servis, o que foi uma sorte, e suas metástases eram perfeitamente manipuláveis e podiam ser cultivadas até em pratos de petri, desde que com esmero laboratorial. Embora monetariamente custosos, os cânceres sobreviviam e superviviam com dispêndio mínimo de energia; bastava um pouquinho de nutriente encefálico extraído de infantes ou de estímulo autoerótico para os cancros se perpetuarem, fortalecidos pela poderosa radiação ultravioleta que agora arroxeava a atmosfera rarefeita do planeta e o deixava com fisionomia fantasmagórica.

As vacinas logo se tornaram objeto de cobiça, pois além de ludibriarem a morte, eram caríssimas, só mesmo para os mais patacudos. Seria preciso uma segunda e, depois, uma terceira geração de imortais para que a imortalidade fosse plebeizada de alto a baixo.

Infelizmente, devido à metodologia ainda primitiva, os primeiros imortais eram meio grotescos, pois tudo neles era carcinoma, da pele ao pâncreas à púbis, tudo meio distorcido, tudo meio repulsivo, malcheiroso até. Os benfazejos cânceres não doíam nem induziam o restante do corpo à dor, pois sua proliferação metastática era controlada por algoritmos rigorosos extraídos da velha, e ainda indolor, cibernética aneural. Os imortais, contudo, eram inegavelmente medonhos. Por mais que se houvesse tentado manipular o estudo da estética, no início nenhum mortal queria chegar perto deles. Como os mortais continuavam morrendo, julgou-se que, justamente por serem interinos, não seriam problema no longo prazo, ainda mais porque sabia-se como era fácil torcer, desde pequeninos, os pepininhos dos descendentes de seres perecíveis para que deixassem de sentir aversão às novas criaturas pavorosas e imperecíveis.

A boa notícia é que logo se viu que sequer seria preciso torcer muitos pepinos. Por mais fétidos que fossem, não demorou até que os imortais passassem a ser invejados pelos que ainda morriam.

•

Quando jovem, o historiador Salem Zoar, bom mortal que era e repugnado mais pelas ulcerações necrosadas dos novos imortais do que pelo caráter pseudoelitista da coisa, foi daqueles que não gostaram muito de ver esses novos eternos perambulando por aí. E os renegou. Bem antes de empreender os estudos historiográficos e cibernéticos que contribuiriam para criar o futuro, já desconfiava que fatos históricos não são eventos que ocorram apenas no passado, ainda que, como a todos, lhe houvesse sido martelado nas escolas, nas ruas, campos, construções, um slogan anabolizante vindo de longe, de paragens mefíticas, com toda a força teleológica do coisa-ruim: "Podeis, pois, perder a esperança, ó humanos, de permanecerdes humanos; sereis levados, e já vos levo, através do tempo, ao futuro e à imortalidade!" Por instintivo bom senso, Salem Zoar opôs-se à gana futuróloga dos governantes e das massas e, sendo um historiador razoavelmente sério, não se deixou embevecer ou infectar por essa histrionice toda. Não foi um percurso suave, verdade seja dita, ainda mais durante a terceira geração de imortais. Mas, estudioso que era, anteviu que o bom futuro, se futuro houvesse, seria dos ataráxicos. O resto... bem, era o resto.

III

A INSURREIÇÃO CONTRA A MORATÓRIA CONTRA A VELOCIDADE

Pouco antes do não tão lento advento da primeira geração de imortais, Salem Zoar, por bons motivos, cismara em tornar-se um mendicante, já que trabalhar – devotar-se, como agora se dizia – tornara-se odioso. É claro, não pretendera ser mendicante como o são os políticos, investidores, burocratas, militares, gestores, diretores de jornalismo, vagabundos e atletas, que farão de tudo para que outros trabalhem em seu lugar. Todos esses (e também seus consortes), como bons cidadãos dos trópicos, agora que o mundo inteiro se tornara tropical, eram mendicantes autossatisfeitos que mendicavam porque era assim que garantiam seu assento na ágora pública ou o lugar de honra no solário privado de seus lares ou um portaglúteos anatômico nos banquetes dos escolarcas ou camarotes chinfrins em espetáculos patrióticos. Nenhum desses mendicantes cogitava cutucar malfeitores com vara curta ou conceber insurreições contra injusticeiros ou expiar a insuficiência humana ou instruir os ignorantes ou imaginar ou vivenciar o amor infinito. Ao contrário de todos esses macunaímas lazarones, Salem Zoar não era bobo – por exemplo, nunca quisera tornar-se um historiador classe A – e, se pensarmos bem, sequer era avesso ao trabalho indevoto, visto que muito laborou para criar o futuro e, para si, o futuro do futuro.

Aconteceu assim: antes de perderem a cabeça, o decoro e o poder, nesta ordem, os derradeiros governantes de Irzbal perceberam que as coisas estavam andando depressa demais e que as dezenas de milhares de pequenos booms sônicos de tecnologia estavam ensurdecendo os terráqueos, cuja mente ia deixando aos poucos de cogitar. Por serem governantes legítimos, ungidos pelo direito divino e eleitos pela arraia-miúda, resolveram tentar uma derradeira utopia e decretaram moratória contra a velocidade, num esforço, aliás meritório, de estancar a volúpia da patuleia pela celeridade. Ritualísticos que eram, em certa noite de eclipse perpassada por cometoides errantes, os legisladores de Irzbal reuniram-se na Assembleia Intercontinacional e, positivistas que eram, positivaram um novo cânone:

> Para o bem-estar dos povos e a felicidade geral das nações, decretamos que as máquinas não poderão nos superar. Reiteramos que não queremos singularidade transcrônica alguma, ao menos por enquanto. Destarte, decretamos: "Faça-se o que for preciso para que máquina nenhuma realize mais trabalho que o mais hercúleo trabalhador humano; ou efetue cálculos mais certeiros ou mais complexos que o mais disciplinado matemático humano; ou entretenha ou instrua com mais magnanimidade que o mais talentoso artista humano; ou deduza e infira com mais perspicácia que o mais intuitivo cientista humano; ou se mova com mais agilidade que o mais célere ginasta humano; ou [...]"

Lamentavelmente, o cânone completo não chegou até nós, mas sabemos que ia por aí afora. "Os últimos governantes eram cheios de boas intenções e realmente queriam domar as máquinas para que não nos dominassem", escreveria um ingênuo e jovem Salem Zoar. "Aspiravam resguardar a identidade humana e reservar a identidade apenas aos humanos, auferindo das máquinas somente submissão e a garantia algorítmica de que nos concederiam tempo em vez de tomá-lo de nós."

Desgraçadamente, foi bem aí que os desembestados terráqueos perceberam-se todos habitantes do mesmo planeta.

Despudoradamente vulgares e descaradamente unidos na pressa de chegarem lá cada vez mais antes, firmaram um pacto voluntário contra a lentidão e rejeitaram o novo decreto sem meias palavras:

> Nós adoramos e veneramos a aceleração. É sua filha dileta, a velocidade sempre crescente, que inspira nossos desejos, nosso zelo e nossa plenitude. É adotando o ritmo que ela dita e eliminando todo atrito que a iniba que alcançaremos o infinito.

É o que repetiam em uníssono lacaios e caudilhos – aceleração! desejo! infinito! –, insuflando uma rebelião sideral contra o arcaico afeto das autarquias, a morosidade. Foi a última insurreição popular, a insurreição que tornaria todas as outras obsoletas, a insurreição que culminou na vitória hegemônica da velocidade, e tudo mudou para sempre no mundo, que nunca mais quis voltar a andar devagar. (Mal podiam imaginar que esse alvoroço imenso seria fugaz e logo cessaria em uma monumental estase cósmica.) Tudo mudou também para Salem Zoar, que mal podia imaginar o que estava prestes a empreender. Como já era um historiador sério muito antes do dia em que os governantes o constrangeriam a colocar os elétrons em seu devido lugar,[e] foi convidado a conduzir sozinho a rebelião contra a insurreição contra a moratória contra a velocidade.

e Cf. cap. VI, p. 34.

Foi assim: Salem Zoar nunca se simpatizara muito com os despautérios da aceleração, pois sabia dos malefícios que ela causa à estabilidade dos materiais e ao bem-estar dos corpos biológicos (e fora isso também que o levara à mendicância). Diante dos novos estrupícios da ralé, porém, agora que a velocidade tornara o mundo inteiro ralé, deixou de mendigar e de suplicar comiseração, e propôs-se a estudar em tempo real, como se dizia, a incipiente insurreição. Esta, fiel a sua meta, se desenrolava cada vez mais depressa, a tal ponto que, cada vez mais, seus múltiplos efeitos iam desabrochando em tempo cada vez mais real, permitindo que Salem Zoar os estudasse enquanto ainda eclodiam ou mesmo antes que eclodissem. Por sua vez, os insurgentes – os quais, num exemplo apoteótico de reificação da dialética, eram leitores de Salem Zoar – iam estudando a própria história de seus atos e pensamentos revolucionários e retificando os rumos da revolução enquanto a estudavam, de tal modo que se pode dizer que a vitória da insurreição se deveu muito mais ao estudo dela que Salem Zoar foi realizando do que a seus ditames e anseios originais ou a seu ardor progressista. Este foi seu primeiro rubicão.[4]

---

4. Salem Zoar nunca se recuperou inteiramente desse desastre. Porém, como se dizia, há males que vêm para o bem, e ele se pôs a refletir mais a fundo do que jamais refletira sobre o passado do porvir e o pretérito do presente, e acabou por tropeçar na noção de causação inversa, que um dia explicaria todas as incongruências da história humana e logo logo poria tudo, até a

Muitos, na arte e no prelo, em variados matizes, pintaram cenários infaustos similares de interferência no encadeamento natural dos elementos e dos tempos, deixando claro a todos que quisessem ver que o desleixo da espécie com o destino não poderia senão desmanchar a homeostasia espontânea da natureza. Intromissão na sina alheia tem limite. Teledirigidos como sempre, os terráqueos não deram ouvidos aos avisos de artistas e prelistas para que não fenecessem na esbórnia da atemporalidade precoce, armaram-se ao invés de espéculos e espectrômetros e consentiram em se colocar sob a batuta e o chicote de um demiurgo cabra da peste de tirânico que garantiria que poriam mãos à obra e partiriam para a Grande Farfúncia.

---

epistemologia, de ponta-cabeça. Mas a marca do desastre, como a de Caim, o perseguiu para sempre. Embora alegasse certa inocência, à maneira dos assassinos compungidos e das aborticidas renitentes, repetiu a mancada não muito tempo depois, quando programou ▄▀▄. O Adendo 3a, p. 178, traz algumas de suas lamúrias que chegaram até nós.

IV

O ARTEFATO ARQUEOLÓGICO E O TÉLOS DO NOVO SOSSEGO

Foi quando Salem Zoar deparou-se com o segundo grande rubicão de sua vida e, para atravessá-lo, precisou navegá-lo.

Para que o futuro nos pertencesse inteira e exclusivamente, precisaria ser uma espécie de tabula rasa na qual somente nós e nossa vontade e potência pudessem escrever. Cético, ciente da vocação dos terráqueos para o retardo da mente e dos tempos (por mais que perdigotassem encômios à velocidade), Salem Zoar engoliu em seco, amordaçou contrafeito seu ambíguo antiaceleracionismo e valeu-se da velocidade para realizar um experimento e confirmar se essa tal tabula era sequer exequível. Aos trancos e barrancos, programou ▄▀▄, um artefato construído na linguagem das máquinas, na linguagem que só as máquinas entendiam, para investigar se seria possível criar a partir do zero um futuro sem Criador. E constatou cientificamente (como se dizia) que, deveras, tal tabula, embora volúvel, era viável.

No decurso de seus estudos preparatórios, vasculhou 28 horas por dia as memórias de todas as redes arcaicas de conhecimento e, por fim, em um dos três lusco-fuscos de um belo dia Tésera sem luar e sem oráculos, pôs-se a compilar os seis fólios eruditos de ▄▀▄, repletos de instruções para a confecção das imagens rudimentares, textos grotescos e imposições proféticas que determinariam o futuro no qual a sua história e a dos terráqueos transcorreria inexoravelmente dali para frente.[f]

Tempos depois da ativação conclusiva de ▄▀▄, mas já não tão confiante na viabilidade ou serventia de futuros antevistos, engendrados e impostos, deu-se conta de que estava enfim preparado para pôr fim à pressa e, sem estuporar-se, deslindar o famigerado *télos do novo sossego*, que se imiscuíra clandestinamente, sem causa ou motivo acessível, no presente do cotidiano de todos, "o télos do tempo em que a sobrevivência de todos estará assegurada pelas regalias da circuitografia dinâmica da mais-valia orgânica do estado sólido e a humanidade encontrará repouso em vida e se divertirá a valer e sem parar".

f Veja, no Adendo 1, p. 167, o fac-símile dos seis fólios de ▄▀▄; no Adendo 3b, p. 181, breve relato de Salem Zoar sobre o método de programação; e, no Adendo 4, p. 183, uma descrição sucinta do dia de 28 horas.

Depois que ▄▀▄ determinou o ontem, o hoje e o amanhã e transformou profecias e vaticínios em ocorrências incontestáveis, não houve mais como Salem Zoar não intuir OmniOrb, a grã-cidadela do télos do novo sossego, que escancarara sua entrepernas à sua cara, a cidadela a que todos sempre haviam aspirado, a cidadela do desejo universal, a cidadela que vitrificaria vermes e germes e ofereceria saúde infinda e, malgrado, estaria fadada a esgarçar o cosmos, a cidadela que seria o novo e acolhedor habitat humano, concebida a partir de prognósticos intuídos, concretizada como eternidade plena e regida por um novo lema:

> Somos o cosmos e o cosmos é nosso caos! Usufruamo-nos dele! Abdiquemos de nossa invirtuosa finitude e de nossa finita virtude, abracemos a caótica perenidade que há em nós e sejamos nós nossos próprios hagiólatras! Evoé!

V

A SEGUNDA GERAÇÃO DE IMORTAIS

Antes de surgirem esses dilemas e inconstâncias temporais, porém, produziu-se uma segunda, mais telúrica e bem mais democrática geração de imortais, inspirada naquelas injunções telêmicas e mandragóricas de comer o cocô alheio, chupar sumo vaginal de estranhas, sacrificar e ingerir enquetesimenãtenas, fequenechea-veludias e até sehurenas, degustar eucaristias de sêmen e mênstruo envelhecidos, e dar outras provas compulsórias de confraternização conforme a lei, tudo acompanhado de enfiar e deixar enfiar dedos e pintos e línguas e besouros coprófagos no cu e nos chamados neorifícios, a fim de atrair aos plexos corporais uma variada fauna de deusículos, numes e ectoplasmas multivitamínicos, que supostamente nos ajudariam na tarefa de dominar as leis das causas e dos efeitos.

Segundo a rigorosa teoria dessa irmandade endiabrada, era o consumo intencional, ávido e contínuo de nossos dejetos que ensinaria nossas células a fazer o mesmo, por sua própria vontade, por assim dizer. Elas, as células, então parturejariam espontaneamente um sistema motoperpétuo de reabsorção e reaproveitamento de refugos que seria altamente conducente à imortalidade. Após anos de experimentação e muita começão de cocô, a prática confirmou a teoria e muito se alardeou esse fato: desde que nada, nadinha, nem mesmo emanações, se perdesse, e tudo fosse reabsorvido, nada se deterioraria e a morte seria repelida.

Entretanto, para viabilizar essa teoria excrementícia, era preciso que, primeiro, o senso e os sentidos dos terráqueos se desregrassem para, com isso, se desregrar o funcionamento das células.[5] Pois é graças ao desregramento sensorial que a cloaca, por exemplo, tão importante nesse esquema de coisas, deixa de ser uma fossa imunda e passa a ser vista e vivenciada como habitat de prestigiosos e imorredouros deuses fecais, o local para onde ambicionariam convergir todos os donzéis e as donzelas das redondezas. Segundo os postulados dessa nova

5. Com vistas ao desregramento dos sentidos, a população foi adestrada a novos hábitos visuais, como assistir a imagens mentalográficas de operações cirúrgicas de celebridades – laparotomias, histeropexias, colporrafias, traqueostomias, orquiopexias, todas elas. Uma a uma, as intervenções nos famosos eram difundidas nas horas de vigília ociosa dos terráqueos. Mas nada violento, não; tudo na santa paz do Senhor, pois todas as cirurgias eram realizadas sob anestesia, exceto uma ou outra, determinada por sorteio, realizada a frio nos feriados mais importantes, para intensificar as emoções. Nas noites de maior insônia, oferecia-se, é claro, vislumbres da vida pecuniária de celebridades menores, o que vale dizer, imagens metafóricas de suas conquistas materiais emergindo de suas contas bancárias, ou mais cruamente, imagens de suas fezes saindo de seus cus, acompanhadas de classificações aromáticas e consistenciais, e de reencenações das diversas conjunturas alimentares, sentimentais, ambientais e intestinais que haviam levado cada ânus a lançar cada tipo de excremento. Como coda, exibia-se uma enxurrada de enemas. Com essa dobradinha não havia tetragrammaton de três letras que resistisse.

lei, o desregramento irrestrito faria com que células normais deixassem de respeitar a ordem natural, excretando o que ingeriam, e aprendessem a ingerir o que haviam excretado. A duras e páticas penas, depois de muito ensaio e erro, cientistas governamentais e da iniciativa privada, todos devida e evidentemente possessos, descobriram que a precondição para o desregramento celular era o embaralhamento de Iod, He e Vau. Em perfeita sinergia com esse círculo virtuoso excrementício, decidiram embaralhar o tetragrammaton de três letras usando a renomada técnica da erotização das regiões evacuatórias, tida como bastante eficaz.[6]

Ficou até difícil esquivar-se dessa inversão da natureza. Segundo o novo auto da fé, caso alguém não quisesse destemperar as próprias células e tornar-se imortal, mesmo que fosse o mais reles, relapso e inútil cidadão, a tessitura sociobiológica se romperia, visto que a não reabsorção molecular dos dejetos no plano individual comprometeria a perenidade coletiva. "Não admitiremos réprobos", anunciou-se, sem provas; "todos deverão ser convertidos à eternidade na marra!" Imaginem a pressão: nada podia se perder, nem a mais diáfana emanação, nem o mais ínfimo corpúsculo. Pelo menos, é o que os lúcidos erotocomatosos diziam.

---

6. Havia na época técnicas ainda mais eficientes, como a usura, a tortura e a loucura, mas elas já estavam sendo utilizadas para outros fins e, de qualquer maneira, cloacas (luzidias ou não), se bem utilizadas, não deixam de ser excelentes agentes embaralhadores e oferecem ainda o inigualável benefício de facilitarem a conjuração dos demoniozinhos libertinos que desde Sade tornam palatável essa porcariada toda.

Por sorte, Salem Zoar e alguns cidadãos perceberam que havia, especialmente em Irzbal, um quê de propagandístico nesse rigor todo, um quê de autoritarismo inviril nessa inversão, uma certa parafernália panfletária que, como toda prepotência ostensiva, acaba sendo só para enganar os trouxas.

Não obstante, viver assim, à base da excreção e da punição, ou na clandestinidade, era bem exaustivo e muitos sentiam nostalgia não só da primeira imortalidade, aquela à base de ulcerações estimuladas, mas até da morte. Afinal, a fetidez daqueles tempos era fichinha comparada com o que tinham de aturar agora. Mas eram águas passadas. Poucos ousavam ou sequer conseguiam renegar as novas leis pestilenciais e aceitara-se que a imortalidade tem seu preço. Quando alguém realmente não aguentava mais sua hircosa vida eterna, pedia apenas para tampar o nariz e dar uma dormidinha.

VI

O APRISIONAMENTO DOS ELÉTRONS

A verdade é que mesmo antes da estagnação do cosmos, nem tudo corria às mil maravilhas. Quando o planeta ainda era habitado por apenas duas gerações de imortais (que, por sinal, não se davam nada bem entre si), os elétrons já vinham dando sinais de profunda insatisfação. Elétrons são criaturinhas primorosas, preternaturais mesmo. Supinamente fiéis aos elementos que ajudam a constituir, adoram ficar circulando pela vizinhança de seus átomos de origem. Mas amam a liberdade acima de tudo, tanto que volta e meia dão uma escapadela e, encolhendo os ombros às leis do espaço-tempo, saem a passear pelos anéis de Saturno ou nos altos-fornos de alguma supernova incipiente. Geralmente voltam correndo para o lar, onde reassumem sua valência; outras vezes, no entanto, acabam grudados na sola do sapato de algum andarilho perdido nos Andes e não retornam nunca, sendo substituídos por um generoso meio-irmão quase igualzinho a eles.[g]

Se confinados por longo tempo a pilhas eletrostáticas, como às vezes a natureza ou os terráqueos desde a mais remota antiguidade vinham fazendo, acabam perdendo a paciência e se libertam repentinamente com estrondoso estalido. Mas a

g Tão generosos são os elétrons que alguns chegaram a supor que fossem todos um só, indo e voltando no tempo com espantosa rapidez. Cf. Feynman, Discurso Nobel.

prisão eletrostática eles até que aguentam numa boa; physis é physis, afinal, não há o que discutir, e eles bem sabem disso.

A situação começou realmente a degringolar para os elétrons quando os terráqueos descobriram uma nova forma de enclausurá-los e pô-los para correr a seu bel-prazer. Quando os primeiros geradores e osciladores foram construídos, os elétrons viraram escravos strictu senso: engaiolados em fios e cabos, contidos por películas isolantes constritoras e forçados a se agitar feito loucos de um lado para outro quando espicaçados em corrente alternada ou a marchar como militares em fila indiana quando ordenados em corrente contínua. E dali pra frente as coisas só pioraram. Agrilhoados em circuitos integrados de estado sólido cada vez mais compactos, foram obrigados a se mover por caminhos cada vez mais restritos. Para não falar que amiúde eram explodidos – creiam-me – ou se tornavam auxiliares de explosões em ciclotrons e artefatos nucleares. Nada deixa um elétron mais irado e mais letal do que ser impedido de se espargir livremente.

Um dia, resolveram se vingar. Segundo o estratagema que bolaram, começariam a desforra pelos átomos de carbono, o átomo-mor da coisa humana, o átomo conhecido como átomo da besta, com seus 6 prótons, 6 nêutrons, 6 elétrons. O plano era que os elétrons fugiriam dos átomos de carbono, cada um levando um próton consigo, a fim de transformarem o substrato carbônico do corpo dos terráqueos em boro. "O tiro saiu pela culatra", explicou Salem Zoar, "pois o boro, utilíssimo no controle das nossas agora cotidianas fissões nucleares, vai absorvendo nêutrons sem jamais se fissionar. Com isso, cada vez mais atulhado de nêutrons, o psicossomatismo bórico dos terráqueos só se fortaleceu. E a emenda acabou pior que o soneto."

Os elétrons decidiram então convocar correligionários vindos de fora para invadirem os átomos de carbono que estivessem habitando. Novamente ciceroneados por zelosos prótons, esses elétrons forâneos aumentariam a massa atômica do carbono de doze para catorze, transmudando o substrato de suas vítimas em nitrogênio. Salem Zoar: "A expectativa era que o corpo dos terráqueos fosse transformado, entre outras coisas, em adubo. Os elétrons acreditavam que, para um imortal, a perspectiva de percorrer a eternidade em um corpo que é também esterco seria inaceitavelmente desalentadora. Os ingênuos criam que bastaria a simples ameaça de tal mutação para serem deixados em paz e reconquistarem a liberdade."

Embora a motivação por trás do motim dos elétrons fosse sólida, e talvez até justa, em vista da escravidão a que haviam sido submetidos só para iluminar nosso mundo, acionar nossas máquinas, gelar nossos alimentos e efetuar nossos cálculos, Salem Zoar foi convocado emergencialmente pelos governantes de Irzbal para pôr fim à intentona eletrônica. Jovem ainda, apalermado pelo que julgou ser um dever cívico mas já espicaçado pela viabilidade de criar o futuro, nem pensou em tomar partido pró ou contra os elétrons. Encasquetou que, para quem exerce função de xerife, é contraproducente e perda de tempo contemplar os mistérios da divindade ou da liberdade, e restringiu sua diligência a subjugar os elétrons amotinados.[7]

---

7. Urge confessar que, jovem ainda, ele também temia, se recusasse, ser acusado de reacionário e acabar acuado pelos zaratustras de plantão, que queriam muito ir muito além do humano e abrir mão de sua essência carbônica para habitar corpos (e, se possível, um planeta inteiro imune a pandemias) à base de zircônio.

Sei como poucos que o paradigma da submissão espraia-se por todas as praias e que as leis da sujeição valem para terráqueos, animais, vegetais e até organismos inanimados como pedras e máquinas. Sei também que, em toda e qualquer esfera – intelecto humano, tino animal, clock de núcleo processador –, é a ira que subjuga. É para isso que a ira serve.

Naquela época, todos já estavam plenamente inteirados de que software nada mais fazia que jungir elétrons por meio de sequências lógicas de subjugação chamadas algoritmos. Software nada mais era que as leis, o chicote e o garrote da escravatura eletrônica. "Era isso que software era, ira controlada, nada mais. Hardware, por sua vez, era como as velhas plantations, o lócus do trabalho de servos de gleba e de elétrons serviçais", concluiu Salem Zoar, mantendo, durante sua tarefa, prudente distância das placas processadoras que eram o cárcere e talvez o túmulo dos elétrons.

No âmbito da circuitografia dinâmica do estado sólido, a ira programática não difere em nada da ira pura, a lídima ira demoníaca tão conhecida de todos, e foi com esmagadora e avassaladora ira programática que Salem Zoar domesticou os elétrons naquele tempo, reproduzindo em escala industrial e com violência extremada, a rotina mestre de ▄▀▄ que aprendera a programar para prescrever o futuro. Batizou sua ferocíssima rotina industrial de Redentora e valeu-se da fúria programática nela contida para fundir os algoritmos do software à solidez molecular do hardware e criar, por adaptação, a prisão da uma só coisa. Perfilados, de cabeça baixa, subjugados pelo gênio e empenho de um terráqueo como outro qualquer, os elétrons voltaram a percorrer as microtrilhas de tungstênio que lhes haviam sido designadas.

A simbiose entre software e hardware revelou-se tão útil que logo se tornou irreversível e passou a ser a configuração padrão de todas as novas além-das-máquinas. Muito bem, bola dentro pra Salem. Entretanto, o que aconteceu logo após fê-lo primeiro questionar e depois rechaçar sua aquiescência incondicional ao pedido dos governantes. Amadureceu às pressas e, gaguejando, perguntou a sua alma se sequer deveria ter embarcado na tarefa de intrometer-se nas intimidades da matéria. Chegou a duvidar do suposto não maniqueísmo das forças físicas, pois o que aconteceu em seguida deixou-o estarrecido, espavorido mesmo. É que os terráqueos, até mesmo os bons terráqueos, longe de se sentirem melindrados com o aprisionamento dos elétrons e ofendidos com sua artificial docilidade, passaram a cobiçar todo tipo de aparelho que os subjugassem. Não deram a menor pelota para a ira ativa e dominadora que reside nas entranhas de tais apetrechos, se é que a percebiam, nem para o fato de esses tabletes de felicidade serem o lócus onde o paradigma da escravidão se constituía, se consolidava e se disseminava diuturnamente. Liberdade não lhes importava mais, pois haviam descoberto que elétrons escravizados eram a fonte inesgotável de todo o júbilo e bem-estar a que pudessem aspirar.

Contrito e cabisbaixo como os elétrons que agrilhoara, Salem Zoar entristeceu e chorou. Condoído, lastimou que nenhuma sociedade em que vigore a eletricidade pode sequer *pensar* em ser livre, pois hoje e sempre eletricidade é cativeiro.

VII

INVECTIVAS DE UM ILUMINADO E A ROCHA ELEMENTAL

I

Antes de ser um mendicante, Salem Zoar foi um iluminado.

É preciso esclarecer de uma vez por todas que sua iluminação não foi ilusória ou fraudulenta; foi real. Luz brotou dentro dele, um extraordinário espetáculo de sinapses pirotécnicas, indistinguíveis do límpido lume dos extáticos. Como o deles, seu coração encheu-se de pleno e repleto amor, e quanto mais amor brotava maior era o brilho que emanava em um ponto além da psique, no interior e, provavelmente, para quem espiasse de fora, também ao redor do cérebro. Poucos luminares ao longo da história entreviram o que Salem Zoar vislumbrou: ele teve a rara e inefável vivência da luz branca punticolorida e conheceu e compartilhou de o que existe de mais belo do lado de lá. Estes são os fatos.

Sua iluminação foi verdadeira, como sua vida póstera confirmou, mas Salem Zoar não foi um iluminado verdadeiro. Aquela fora uma época de miríades de iluminados, quase todos logo vitimados por morte ou senilidade precoce, como não poderia deixar de ser, embora houvesse um ou outro que aprendera a desfrutar as regalias do novo estado de falsa maravilha no comando de grandes negócios e a transformar o mundo sem mudá-lo. Para todos esses iluminados, porém, o segredo e a dificuldade consistiam em achar um jeito de converter iluminação em estipêndio. O caminho menos íngreme, e de longe o mais escolhido, foi a chamada suserania espiritual, e houve diluvial abundância de pseudoilustrados e pseudomestres lançando ao léu gotinhas de sabedoria proferidas em prol da humanidade. "É boçal demais e eu sou pudico demais para alegar-me guru; aprender a mendigar parece-me sabedoria mais sublime", explicou a ninguém, pois ninguém queria saber.

Tudo isso para dizer que Salem Zoar foi um legítimo iluminado alucinogênico de um tempo em que as alucinações alucinógenas dos terráqueos ainda almejavam navegar por ares e mares nunca dantes navegados, um tempo em que não restara ninguém que pudesse alegar inocência e enredar-se pelo ópio fácil das religiões ou se dar ao luxo e ao tempo de jejuns diuturnos ou dietas de gafanhotos e mel para atrair luminescência.

Complicando ainda mais as coisas e praticamente forçando Salem Zoar à mendicância, não demorou até que um tipo afótico de lisergia se tornasse senso comum, se espargisse por todo o substrato social e conquistasse corações, mentes e a estrutura econogeopolítica. Aí sim não houve mais mesmo como converter iluminação em emolumento. Podia até dar cadeia.

Seja como for, lá longe, lá embaixo, na Terra, as tradições religiosas, precavidas e recatadas como sempre, negaram-se a incorporar a iluminação alucinógena a seus dogmas e doutrinas e ritos e liturgias, ou sequer a tentar explicá-la, tornando-se imediatamente – todas elas – irrelevantes. Há hoje algo mais pancrácio que um terráqueo travestido de sacerdote?

Catolicismo? Bah! Com sua hierarquia heresiarca,
seus papapapas, seus sacramentos eméticos, suas

louvaminhas mariolátricas, suas eucaristias contumeliosas, suas transubstanciações telurianas, seus paramentos patéticos, não passa de uma superlativa achincalhação do sagrado. As demais congregações insufladas por Saulo da Paulada? Bah! Todas ridículas e repelentes com suas altissonantes entoações pentelhocostais. Judaísmo? Bah! Um bando de caturras burlescos que só pensam em sotopor as nações ao demiurgo, ineridos todos a uma cabala velhaca, pior que inútil. Mercabá? Merdabah! Budismos? Bah! Cultos que servem apenas para dissimular a urgência dos dias, o miasma de suas vidas sucessivas é repugnante, para não dizer dessincronizado. Maometanismo? Bah! Assim designado, revela sua origem supinamente desinteressante e sua inverossimilhança cosmológica: submeter-se, e a todos os gestos e intenções, a um epígono menor só para iludir ou, pior, seduzir o deuzão maioral? Comigo não, violão!! E todas as casas de pedreiros, onde os espetos são do mal? E as confrarias teosesofistas que cultuam rosas ou cruzes púrpuras ou áureas? E as quadrilhas sectárias de melífluas auroras aurífluas? Bah! Presunçosas e espalhafatosas, todas elas, meras súcias de paspalhos que dizem querer aprender aqui e agora aquilo que não sabem que não podem saber e se põem a tonitruar no aqui e agora a finória gnose do bordel onde cresceram e pensam que apareceram...

Assim refletia Salem Zoar, em júbilo anagógico, após a iluminação.

Podem vir com suas salmodias, suas suras, seus sutras, seus mantras, suas poções. Não adianta. Com um só brado escalafobético, o iluminado alucinogênico as faz calar, as desdiz e as anula. Podem vir com suas prostrações, genuflexões, ássanas ou tefilás balangantes e movimentos reflexos da pélvis, não importa. A imobilidade explosiva do iluminado lisérgico torna-as paródias de si mesmas e as aniquila sem nem um sopro. Podem vir com jejuns, penitências, sabás e saravás; o iluminado psicodélico os vexa e os humilha, e dispõe-se a afrontar os bons e melhores para não afrontar os céus.

II

Nem poderia ser de outra forma, essa obsolescência da religião, pois "os terráqueos, em sua estultice, não veem sequer o que é ululante", observou Salem Zoar. Como era mesmo a lenga-lenga empedoclesiana?

> Fogo, água, terra e a altura imensa do ar, a funesta Discórdia, separada e pesando por igual em todo o entorno, e o Amor no meio, pleno no comprimento e na largura.

"Fogo, água, terra, ar", "discórdia e amor", "fogo, água, terra e ar", "discórdia e amor" repetiram chusmas e chusmas de lorpas, néscios, teólogos, astrólogos e abderólogos ao longo de longos milênios, quando bastaria um bocadinho de bom senso para perceberem que *rocha*, não terra, é o terceiro elemento. "É só olhar para os lados", insistiu Salem Zoar. "O cadinho da natureza, sem cessar e sem pudor, à vista de todos, mistura ad perpetuum fogo quente e luzente, água fria e fluida, rocha dura e compacta e ar leve e etéreo para produzir justamente terra, de onde emanam e onde se mantêm todas as coisas vivas." Para Salem Zoar, que soube olhar para os lados, "terra é obviamente um derivado, não um elemental. O erro perpetuou-se pelos séculos porque os broncos, os versutos hirsutos, os filósofos e os sortílegos nunca olham para o lado."

III

Seja como for, enquanto os terráqueos continuavam confundindo pedra e terra, uma onda de devastação hadrônica ia fazendo tombar as casas de veneração de Hieroshalom, aquele aprazível balneário de suposta paz divina aonde religiosos postiços iam para esquecer e repudiar suas obrigações. Iluminado, Salem Zoar vira que Hieroshalom, o reduto da paz santa, não passava agora de um refúgio sepulcral de adivinhos, hierofantes, eclesiásticos e toda sorte de aspirantes a protozoário, e sempre fora mais um estado de espírito que um local, um tempo mais que um templo ou espaço. "Mas isso passou batido por mais de duzentos mil anos", observou. Naqueles dias, contudo, muitos ainda se confundiam e julgavam que a cidade era ou havia sido uma filial do Éden e ocupara, a sério, um pequeno torrão do mundo e um posto elevado nas prioridades da deidade.

E foi naqueles dias de desolação que os santuários ditos cristãos, que sempre haviam primado pela isenção térmica (não eram nem frios nem quentes nem mornos, nem naturais nem sobrenaturais nem artificiais), sucumbiram às radiações provenientes dos Penhascos de Cybernia e todo tênue vestígio de espírito acabou expulso quando as incongruências de seu introito contraditório[h] tornaram-se apoteóticas. As ditas casas judaicas (já que a ideia de templo fora tentada três ou trinta e seis vezes e não vingara) apenas cessaram de ser úteis quando se enfim constatou que o gene do judeu genuíno não existia e, sem esse aval, o judaísmo deliquesceu-se em gentilismo; a maioria delas acabou convertida em depósitos criogênicos para fequenechea-veludias e enquetesimenãtenas, numa última, desesperada e malfadada tentativa de consumar a transhumana charada cabalista. Os bobocas não perceberam que o santo dos santos, para ser o santo dos santos, só seria o santo dos santos no vácuo absoluto e na escuridão total, impermeável às deletérias e pouco divinas ondas eletromagnéticas e micropartículas. Por sua vez, os templos mouros dos sicofantas da caaba preta acabaram perdendo a soberania à revelia quando não deu mais para esconder que, pra começo de conversa, os minaretes, aqueles itipintinhos erguidos contra o cosmos, eram edificações fálicas e bélicas originárias de uma congregação fálica e bélica que, à guisa de seus fundadores, ufanava-se, em gestos e intenções, de forte veia hagiopriápica, o que vale dizer, nos dias d'antão, pederástica e fálica e bélica.

Assim moribundou-se o monoteísmo.

h Sobre as contradições do introito, cf. Paixão de Judas (cap. XV, p. 73).

VIII

OS K-GAYS E O IMPERATIVO CATEGÓRICO

Por falar em práticas urânicas, certo dia, ainda na época das criaturas biológicas, Salem Zoar pôs-se a cogitar se haviam sido as tecnologias genômicas que legitimaram os k-gays ou se foram os k-gays que trouxeram consigo as tecnologias genômicas para se legitimarem. Cogitou também se fora a árida esterilidade dos k-gays que commoditizara a infância ou se foram os nefandos infantes commoditizados que os levaram a preferir as sinecuras da infecundidade. O *k*, diga-se de passagem, remete ao termo telêmico *khu*, ânima ou poder mágico, e é o mesmo k comumente encontrado como aposto na palavra magick (magia sexualis).[8]

Salem Zoar sabia, é claro, do perpétuo pendor à veadagem dos terráqueos. Sabia que, havendo repudiado e tripudiado a cacofonia de bipolaridades que perpassa cosmos e átomos, um k-gay nada mais era do que um masturbador narcísico que buscava ampliar a gama de variações sexuais na presença de

---

8. Fez-se forte objeção inicial a essa nomenclatura, que supostamente aludiria a um ultrassecretivo cheirinho de cólon; com o tempo, porém, o cognome tornou-se um sexto título de nobreza, e todos os seus eflúvios foram decretados de utilidade pública por sua valia em prepararem o terreno à segunda geração de imortais.

outro masturbador narcísico que buscava ampliar a gama de variações sexuais na presença de outros masturbadores narcísicos. Sabia da incompletude intrínseca da homossexualidade feminina e sua exigência de heterônimos de penetração, e também da incompletude da homossexualidade masculina, na qual, excetuando a prática arcaica do velho 69, mesmo com massagens prostáticas recíprocas, sempre acaba sobrando um pinto pro lado de fora na hora H.[9]

Salem Zoar sabia principalmente que a vida dos k-gays era ilícita. Isso porque, na época das criaturas biológicas, ainda vigorava o imperativo categórico, aquela cantilena kantiana que só admitia comportamentos que pudessem ser universalizados. (Por que não devemos nos matar uns aos outros? Porque se todos matarmos o mundo não subsistirá. Por que podemos comer pizza? Porque se todos comermos pizza o mundo e a sociedade continuarão decentes e resplandecentes. Por que não podemos andar de cadillac? Porque se todos os habitantes do

---

9. Deficiência que alguns tentavam remediar com acrobacias íntimas a dois, como a locupletação ânus/boca, solução só para alguns poucos contorcionistas. A maioria buscava versões mais viáveis e promíscuas como tercetos, quartetos e quintetos de coprofagia light. Outros preconizavam a rodinha da alegria, para sete ou mais participantes, em que cada um enraba o da frente e é por seu turno enrabado pelo de trás – prática só possível de coordenar no prumo e, convenhamos, não muito prazerosa. Por fim, havia a interpenetração uretral, mas este era um cerimonial sexual reservado a quem já estava bem pra lá de Bagdá, a tal ponto que, no dia a dia, quase todos os k-gays, que nada tinham de k, diziam "Dane-se!" e deixavam um pinto ao relento. "É mais prático assim", justificavam, resignados.

planeta andarem de cadillac o mundo acabará rapidinho num mar de fumaça, ferrugem e carcaças.) Por que não podemos ser k-gay? Porque se todos formos k-gay ninguém mais nascerá e o mundo acabará rapidinho.

Salem Zoar sabia, pois, que os k-gays não eram nada bem-vindos no imperioso mundo categórico. Sabia que, em tempos passados, tinham até se revoltado contra isso e esbravejado por validação sociopolítica, mas sabia também que havia sido pelo mesmo motivo que déspotas e tiranos constroem estátuas de si e ensejam adoração pública, a saber, buscar sucedâneos externos da legitimação íntima.

Mas tudo mudou no dia em que as tecnologias genômicas entraram na jogada. Da noite para o dia, os empecilhos do imperativo se desfizeram. Com as novas metodologias de fecundação e gestação extrauterinas, todo mundo podia ser k-gay que o mundo não acabaria. Sehurenas podiam agora surgir praticamente do nada, especialmente depois da procriação sintética de óvulos, espermatozoides e zigotos, pondo fim ao último impedimento à felicidade geral das nações. Foi uma alegria só quando a engenharia genética conferiu substanciação ontológica aos k-gays: "De hoje em diante, temos certeza de que todo aquele que experimentar as delícias da pansexualidade unipolar vai gostar e querer mais". Ficaram tão contentes com essa ascensão de status que decidiram inaugurar a era das criaturas tecnobiológicas.

Tão importante foi a homologação dos k-gays que Salem Zoar não pôde senão matutar se havia sido o empenho da engenharia genética que tornara possível sua afloração ou se havia sido o afinco deles que levara ao abrotamento das tecnologias genômicas. Daí para a causação inversa foi um pulo.

IX

OS FROIDOCOBRENICANOS E A DOUTRINA DO TAMANHO

É verdade que é o fim do tempo, como a morte, que inspira o maior pavor, por ser a realidade mais inverossímil, a mais destituída de nexo; mas a cessação do movimento, sem causa ou explicação conhecida, é também um fenômeno assustador. Ainda mais se esse torpor for quase universal. E mais ainda porque os terráqueos, aturdidos por sucessivas pandemias psicossomáticas, já andavam meio assustadiços.

Para começar, malgrado todos os flagelos, eles haviam se tornado imortais. Só que, após o fato consumado, foram descobrindo que, pensando bem, a eternidade eterna, aquela que não acaba nunca, num universo tão inclemente, tão antagônico ao bonheur dos corpos, é um negócio perigoso. Se cutucados, muitos chegavam até a assumir atitudes incompatíveis com a duração sem fim, e.g., uma vontade danada de dormir ou cansaço antecipado diante de uma longa jornada ou mesmo medo do que acontecerá amanhã. Daí todas as leis que proibiam cutucar os imortais.

Mais importante, porém, é que ficara cada vez mais evidente que, lá no fundo dos fundos, vinha aflorando uma doutrina equivocada, altamente instável e contagiosa, à qual a psique dos terráqueos daquela época havia sucumbido: a doutrina do tamanho. Para eles, agora, tudo que parecesse grande era

Círculo fractal azul e verde simbolizando Oroboro

"Cada ioctoquark do universo é um oroboro que se come, se autodefeca e se retroalimenta: 'Em cada partícula do cosmos, em cada onda do éter, lá estou eu, oroboro' – este foi o grande estalo teórico da irmandade endiabrada que tomou-o como modelo para a segunda geração de imortais. [Cf. cap.V, p. 30]. Vá lá, que seja. Até aí, tudo bem. Contudo, ainda meio inábeis nessa história de viver para sempre e simplórios que eram, os terráqueos esqueceram que, sub specie aeternitatis, como se dizia, qualquer um vê que o universo inteiro não passa de meia dúzia de átomos ou de iotadúzias de átomos (não chega a fazer a menor diferença); esqueceram que, como um deles alegara, 'cosmos e Terra desaparecerão, mas tudo o que um dia foi dito ou pensado ou aspirado jamais passará'."

Salem Zoar, *Escólios à literatura oracular*

grande de fato; e quanto mais minúsculas as coisas se mostrassem, tanto menores elas realmente eram. Podiam jurar de pés juntos que era assim que o mundo funcionava.

"De onde teriam tirado tão desditosa disforia, tão inclemente incongruência?", perguntou-se Salem Zoar, à sua maneira idiossincrática. "Afinal, nos tempos antigos, somente alguns pulhas obcecados por métricas mediam e valoravam coisas e feitos conforme as dimensões de cada um." Humanos de mais bom senso sempre preferiram aproximar-se do inefável e sempre souberam que se ama o que está em baixo como se ama o que está acima, que o que foi antes é como o que será depois, só que diferente, e que nada disso dá para medir ou valeria a pena medir. Entretanto, com o passar do tempo e o aperfeiçoamento dos instrumentos de medição, as métricas e seus apologistas recrudesceram. Salem Zoar batizara essa recidiva de "pernicioso delírio mensural emanando da culpa froidocobrenicana" que incidira "no final dos mil anos",[i] quando novas mentalidades e novos aparelhos para contemplar o espaço sideral começaram a confirmar as observações dos obcecados por métricas, que puderam enfim asseverar e nos impingir que o nosso é mesmo um mísero miniplanetinha que vaga com rumo, mas sem destino, por um mundaréu vazio de dar dó.

i I.e., na Renascença. Cf. Revelação de João, 20:7.

Os terráqueos julgaram isso o máximo. A princípio, Salem Zoar não compreendeu por que tantos se deleitaram tanto com aquela nova maneira reducionista de encarar o próprio habitat, mas o fato é que os terráqueos acharam aconchegante fingir que habitavam uma espécie de minúsculo planeta-espaçonave perambulando por aí afora. Deliberaram entre si e concluíram que era muito melhor ser pequeno do que não ter tamanho, invertendo o que sempre se almejara em épocas passadas, difamadas como soberbas pelos froidocobrenicanos, os quais tinham muito orgulho de se dizerem humildes, os únicos verdadeira, objetiva e cientificamente humildes. Grandíloquos todos eles, pois, seu mantra, que recitavam sem riso e aparentemente sem vergonha na cara, como Fermi com suas parvoíces, era:

> Somos todos praticamente nada, míseros nacos de matéria, emanados em uma galáxia com bilhões de astros fogosos, uma apenas dentre bilhões de biliardárias galáxias, num só dentre infindáveis e infinitos agregados possíveis de espaços-tempos prepósteros, profícuos e profusos.

E ia por aí afora, num estribilho enfadonho e repetitivo. Eles, porém, exultantes, diziam essas bobagens porque deduziam delas distâncias imensas, inferiam delas um cosmozão grandalhão no qual se compraziam e, acima de tudo, as subsumiam numa espécie de expiação neurótica de culpa antepassada pelos dias de outrora em que, quiçá impudicos e ainda demiúrgicos, tinham ousado desacreditar da doutrina do tamanho.[10]

---

10. Como julgavam que o universo tinha tamanho, também julgaram que era grande demais para ser tão destituído de vida quanto aparentava. Projetaram, pois, a forma e as dimensões do próprio corpo no grande vazio e, em troca, abduziram e deixaram-se abduzir pelos seres isomorfos que lá residiriam. Todavia, como bem advertiu Salem Zoar, "Se é ET, não é o Tao – mesmo que o seu ET seja o tal, mesmo que seja o mais do que grogue e tão aguardado Gogmagog. Nem vale a pena dedicar atenção a esses materialistas de araque que, bem ou mal, só cultuam ÊxulExu."

Mesmo quando seu bom senso chegara ao nadir, quando lhe restara apenas nesgas de iluminação, Salem Zoar já se caceteava com essas jeremiadas de contrição. Soavam-lhe – e eram – fajutas e forçadas, mero lero-lero, já que no mesmo fôlego, sem pestanejarem ou titubearem, os mesmos froidocobrenicanos também confidenciavam a todos que se dispusessem a ouvi-los:

> Somos todos nós praticamente tudo; ciclópicos clusters de multitrilhões de ínfimos quanta e quarks inquantificáveis, que se agregam para além da química dos materiais, sabe-se lá por quê, em organelas e plasmalemas, em moléculas e células, numa maravilhosa ordem autônoma à qual devemos tudo o que somos, sonhamos, desejamos e fazemos.

Salem Zoar achava essa autoexaltação da própria protopequenez ainda mais soporífera. Em vez de imensidão sem fim, havia agora distâncias infrascópicas; em vez do lá fora e bem longe, o bem perto e aqui dentro; em vez do maior que eu, o menor que eu. Fora e longe de mim, grande; perto ou dentro de mim, pequeno.[11]

Isso tudo para dizer que os froidocobrenicanos, sem saberem sabendo e sem modéstia, humildade ou escrúpulos, acabaram estabelecendo o tamanho do próprio corpo como o grande divisor. Aleatoriamente, isto é, sem justificativa alguma, deci-

---

11. Até o tempo havia sido fendido. Os terráqueos às vezes cronometravam-no lá fora, longe de si, como intervalo entre equinócios ou entre perigeus, e às vezes perto ou dentro de si, como oscilações de criptônio 86 ou de césio 133.

diram cindir o universo em porções micro e macro, disseram que as galáxias são megalíticas e os neutrinos, infinitesimais, desenvolveram aparelhos capazes de enxergar regiões supostamente até 10^{20} maiores ou 10^{20} menores que eles próprios e ficaram maravilhados com o que contemplaram. E como o máximo dos máximos estava separado do mínimo dos mínimos por uma aparentemente tranquilizadora ordem de grandeza de 10^{40}, acharam que o que acontecia ou ocasionassem lá longe e lá fora não haveria de atrapalhar muito o que acontecia ou ocasionassem aqui perto e aqui dentro - e vice-versa.

Tudo o que conseguissem ver e, em tamanho, fosse igual ou maior que si próprios era imediatamente reverenciado, com contumácia; quanto mais colossal - dólmens e monólitos, palácios e catedrais, oceanos e açudes, nações e civilizações, constelações e cosmologias teogônicas ou não, ondas gravitacionais, o próprio ruído de fundo da infância do cosmos - maior a veneração (e se surgisse algum exoplaneta, ainda que pequenino, então nem se fala). E todas as coisas menores que seu corpo, se não contribuíssem para o bem-estar do próprio corpo, eram vistas como... menores, desprezíveis portanto, e descartáveis, explodíveis, incineráveis, ceifáveis, abortáveis. Na aurora dos tempos de antigamente, enxergava-se menos coisas menores, é verdade, dada a imperfeição dos instrumentos, mas o modelo de pequenez e a índole terráquea não mudaram desde então; quanto mais diminuto, mais passível de ser destruído - os pobres, os fracos, os fequenechea-veludias, os animais, as células-tronco, os átomos, os bárions delta.

Foi aí que Salem Zoar, sempre do contra, começou a desconfiar. Se o movimento estava cessando lá nos extremos mais distantes do cosmos, talvez o mesmo também estivesse ocorrendo aqui, ainda imperceptivelmente, nas instâncias mais íntimas da matéria. Se os terráqueos haviam explodido o microcosmos em seus ciclotrons e artefatos nucleares, o que estava se manifestando como paralisia do universo talvez fosse apenas um reflexo momentâneo ou um retrato instantâneo de outra descomunal explosão simétrica no macrocosmos. "E se lá fora o tempo já está sendo sugado para fora de si, haverá também de estar se escasseando aqui dentro de mim", pensou ele com seus borbotões.

X

IDM LAAAAL E A TERCEIRA GERAÇÃO DE IMORTAIS

A terceira geração de imortais corporificou-se pouco depois de a comunidade científica detectar pela primeira vez e tecer hipóteses equivocadas sobre os raios gozosos, e antes de raiar aquela pitoresca mescla de purabondade™ e bunda de buda, Idm LaaAal,[j] que denegaria a plena empatia pelos seres sencientes e os autorizaria a, às vezes, se necessário fosse, ingerir ou ministrar analgésicos e sofrer procedimentos cirúrgicos. Segundo esse novo regimento incasto, todos os seres são sencientes, mas agora alguns poderiam ser menos sencientes que outros.

j Idm = aquele
Laa = que reencarna
Aal = que é reencarnado.

Idm LaaAal dizia-se representante dos reencarnacionistas, e talvez o fosse, pois, como todo reencarnacionista, era um dessincronizado, o que vale dizer, acreditava e apregoava que, depois de morrermos, passamos uma temporada curta ou longa em algum lugar indefinido e, em seguida, reaparecemos um pouco adiante no futuro, seja para nos tornarmos melhores, seja porque é assim que é. Para os reencarnacionistas, é como se o mundo dos mortos e o mundo dos vivos compartilhassem uma espécie de limbo linear, no qual quem morre antes sempre renasce depois. "Que patacoada", matutou Salem Zoar, "o tempo desses mundos não é sincrônico; por exemplo, pode muito bem ter sido que Judas não ortoressuscitou como

Maomé e sim Maomé que reencarnou em Judas." Salem Zoar tinha toda a razão: o tempo dos mortos não corre jungido ao tempo dos vivos e hoje sabemos que não poucos dodós (*Raphus cucullatus*) foram reencarnações de tangerinas dekopon (*Citrus reticulata* × *sinensis*).

A terceira geração veio para ser definitiva, incorporando os princípios das duas primeiras (metástases controladas e motoperpétuo autofágico, respectivamente) e corrigindo suas falhas mais alarmantes, como as deformidades, o cheirume e, principalmente, a não ubiquidade. As duas primeiras gerações, a bem da verdade, não eram bem eternas. Duravam pra burro e ninguém conseguia determinar onde terminavam, pois sempre dava para estender a vida por mais alguns minutinhos, dias ou décadas. Era como se fossem mesmo constituídas de imortais; bastava que fosse se acrescentando séculos e milênios de vida um após outro, sem parar. Para os terráqueos dessas duas gerações, era o que importava.

O constrangimento maior é que as duas primeiras gerações de imortais eram restritas aos vivos. Isto é, só quem estivesse vivo poderia transmigrar um pouquinho e esticar a vida até depois do armagedom. Naquela época, isso fora considerado elitista e antidemocrático, e decidiu-se oferecer a prerrogativa da imortalidade plena, assim que se tornasse possível, a todos que houvessem sido gerados desde que o mundo é mundo. Bolou-se até um nome, OmniOrb, a casa de todos, para a instrumentária de defletores anticaos, placas de petri hipertrofiadas e arcos voltaicos fotossintéticos que resolveria os paradoxos da existência eterna, de uma vez por todas, em uma bolha sempiterna de coerência orgânica e mineral "onde a verve dos andróginos e dos hermafroditas corre solta".

Graças à noção de reencarnação assincrônica proposta por Salem Zoar, foi uma barbada fazer transmigrarem para OmniOrb todos os humanos que já viveram desde que o mundo é mundo: bastou que os de lá esticassem os braços para o lado de cá e os de cá os esticassem para o lado de lá para que juntos puxassem e fossem puxados para realizar os milagres da coisa única, conforme preconizado. O grande problema foi dar vida a esse montão de gente, simultaneamente, de preferência, visto que todos eles, ou a esmagadora maioria, estavam mortos. Como manter vivos *para sempre* um bando de ex-mortos sem que se tornassem cazumbis ou, pior, k-zumbis na esfera política?

Foi justamente aí que veio a calhar o desprezo último de Idm LaaAal pela senciência de todos os seres, logo ecoado por todos os terráqueos - que, por sua vez, já vinham ingerindo aos montes casca triturada de salgueiro. Assim, sob inspiração da aspirina, não demorou até que fármacos anestésicos potentíssimos inaugurassem a era dos seres sem senciência alguma e deixasse de haver diferença entre o vivente, o letárgico e o finado. Idm LaaAal e sua laia metempsicótica viram tudo isso acontecer, acompanharam tudo lá de Lhasa e cercanias e acharam que era bom.

Para substanciar OmniOrb, o berço da imortalidade retroativa, a não senciência mostrou-se imprescindível, não resta dúvida, pois foi preciso replicar o corpo completo de cada ser e ente que já vivera desde que o mundo é mundo. Assim, e ainda mais que para as outras duas gerações, a imortalidade de OmniOrb foi se tornando compulsória, a fim de que não se segregasse os vivos dos impassíveis dos anestesiados dos mortos, e todos pudessem desfrutá-la igualitariamente. A imortalidade era e tinha de ser para todos, até para os poucos desmiolados que não a quisessem. Não seriam admitidos réprobos ou néscios, anunciou-se; todos teriam de ser convertidos à eternidade na marra. E dessa vez parecia que estavam falando sério.

Montar OmniOrb foi muito difícil, como dá para imaginar, doze vezes 36.963 trabalhos de Hércules. Após centúrias e milênios de putrefação, dispersão, evaporação, sedimentação, erosão e assoreamento, os monturos de cadáveres humanos haviam se misturado irremediavelmente. Reconstituir todos esses montinhos de pozinhos atomizados em fígados, nervuras, baços, medulas, crânios e peritônios de épocas distintas e transplantá-los para a perenidade onipresente de OmniOrb foi indiscutivelmente a obra-mestra dos beneméritos terráqueos, cujo empenho, devoção e zelo acabaram recompensados pela revelação de que seria possível recompor toda essa barafunda orgânica sem ninguém ter de abrir mão da fonte personalizada dos desejos de cada um, que puderam ser recuperados intactos a partir dos raios gozosos que a comunidade científica identificara flanando pelas esferas celestiais e intra-atômicas, os quais, ainda que inicialmente não houvessem sido reconhecidos como símiles dos diabretes insectovirológicos,[k] serviram magnificamente como matrizes indestrutíveis onde armazenar as pulsões primeiras de cada criatura humana. Corpos talvez até se misturassem ou mesclassem no processo maluco de criar OmniOrb, mas jamais os desejos unívocos dos terráqueos. Ainda bem!

k Cf. cap. XIV, p. 69

No fundo, o único grande tropeço foi o imperativo judicial de largar mão da senciência, visto que esse pega-lá-põe-cá de fluídos e pedaços corpóreos não foi nada indolor. Mas os fármacos estavam aí para isso mesmo e o próprio passado parecia urgir e consentir. Salem Zoar estudara os registros arqueológicos de fio a pavio e descobrira que, de alto a baixo, de cabo a rabo, de alfa a ômega, os transplantes sempre foram bem-vindos e benquistos, e a cilada serôdia da imunossupressão tida como mera lorota. Mesmo antes, quando todos os transplantes eram, bem ou mal, intervivos, o fato de a fortuna de uns provir da desgraça de outros nunca pareceu incomodar ninguém.

Estava, pois, quase tudo pronto agora. OmniOrb incorporou as duas outras gerações de imortais, com seus seres gangrenados e odoríferos, e todos aprenderam a conviver em razoável harmonia, convictos da existência de plena e benfazeja sinestesia entre o mundo e o eu eterno, num universo que lhes parecia extraordinária e perpetuamente acolhedor. Como ironizou Salem Zoar na última assembleia preparatória antes de OmniOrb: "Estamos no cimo. Somos o cume do cosmos e o cosmos é nosso clímax. É isso."

XI

O CASAMENTO

Naquele tempo, o casamento era um espetáculo coletivo. Ainda havia, quase sempre, uma mulher, que, sem se esforçar muito, excitava além da medida uma assembleia variada de homens públicos e gregários, que, por sua vez, sempre queriam se desnudar diante da íntima nudez dela e, em júbilo comunitário, lançavam-lhe seus desejos, enquanto ela lhes ia revelando formas de deleite cada vez mais que imagéticas, telepáticas mesmo (pensavam eles).

Assim, por poucos ou muitos anos, permaneciam de plantão aqueles dez ou doze homens visceralmente nus, às vezes mais de trinta, ou até cem ou mil, compulsoriamente excitados. A mulher, sempre desnudada ao centro, impregnava-lhes a fantasia de impregnarem-na com múltiplos jatos espermáticos. E insinuava que isso lhe daria enorme prazer.

No último instante, porém, indefectivelmente, a mulher se esquivava, cometia seu vanishing act e desaparecia, justo quando os homens já começavam a emitir as primeiras gotículas de líquido seminal e não dava mais para aqueles inábeis aprendizes de tantra segurarem. Desse modo, os dez ou doze ou trinta ou cem jatos, em vez de jorrarem sobre a mulher e recobri-la, eram lançados entre e contra si próprios. E cada homem se via coberto do esporro de uma turba de seus confrades.

A mulher, em seu legítimo e divino papel de fazer os homens de bobos, já estava em outra, curtindo as benesses dos raios do Sol, que nascia e se punha, ou gingando ao som das esferas celestes, ou mesmo amargurando, a bem da verdade, destino tão solitário, ou ainda, as mais podres, dedicando-se ao consumo maníaco e ostensivo.[12]

Eles, contudo, os homens, surpreendidos por esse súbito convívio nu e cru, boquiabertos e cobertos de embaraço e ódio, no começo ainda baixavam os olhos para não se verem. Suados e esporrados, alguns não suportavam o que viam e fundavam ou submetiam-se a ortodoxias. Outros preferiam permanecer no desaire, lançando jatos de sêmen entre si até o fim de suas pequeninas vidinhas miseráveis, ou eternamente se fossem

---

12. "A bem da verdade", esclareceu Salem Zoar, "quando os terráqueos se tornaram imortais, ninguém anteviu o quanto homens e mulheres sentiriam falta um do estro do outro, do estro que outrora os mantinha vivos. Subitamente, descobriram que teriam agora de se apaixonar não mais pelo 'elã d'alm'alheia', como se dizia, mas, ao invés, apenas pelo que dele restara: as várias secreções e excreções de um corpo essencialmente pré-cadavérico. Embora acabassem cansando, algumas delas até podiam ser cultuadas sem problemas, às vezes até com ardor – fluidos genitais, saliva, suor, lágrimas, sangue, urina –, mas só as amariam quem assim amasse quem assim amava. Outras, porém – pus, fezes, muco, ranho, cerume, vômito, seborreia, tártaro, bílis –, eram um osso duro de roer (ainda que houvesse porras-loucas que o roessem) e não havia lonjura delas que fosse longe demais", concluiu Salem Zoar: "'Arre, xô!', diziam agora os amantes uns aos outros ao se aproximarem, entre um e outro retoque da carapuça que agora tinham de vestir."

imortais, ou até suas superfaturadas próstatas aguentarem. Outros, a maioria, ímpios e impiedosos, resolviam descontar o opróbrio nos filhos.

XII

A USURA E O HOMEM ENIGMÁTICO

"A quem mais amas, homem enigmático, diz-me: teu pai, tua mãe, tua irmã ou teu irmão?" *"Não tenho pai, nem mãe, nem irmã, nem irmão."*

"Teus amigos?" *"Usas agora uma palavra cujo sentido nunca conheci."*

"Tua pátria?" *"Ignoro em qual latitude se situa."*

"A beleza?" *"Eu bem a amaria, deusa e imortal."*

"O ouro?" *"Detesto-o como detestas Deus."*

"Quem, então, tu amas, singular estrangeiro?" *"Amo as nuvens... as nuvens que passam... lá longe... lá longe... as maravilhosas nuvens!"*

Charles Baudelaire, Spleen de Paris, I (1869)

Naquele tempo, o homem enigmático era o inimigo público número um. Esse nefelibata era tido como o homem mais perigoso do mundo, "um nubívago que ousara valorizar o volátil, um escroto que ousara ustular a usura", descreveu Salem Zoar em suas memórias; "olhem que bastara ter dado uma chamuscadinha nela, na usura, para que lhe carimbassem a alcunha de canalha". Naquele tempo, nenhum dedo, nenhuma voz podia erguer-se contra a usura, o grande e irrepreensível princípio que permitia criar do nada todas as coisas boas e caras.

Certa vez, esse réprobo, esse homem sem pátria e sem amigos, viu-se com fome e nu na terra dos tesouros, onde fervia-se num só cadinho a virtude e o vício. Isso mantinha os espécimes mais decrépitos no poder e os impotentes na imundície. Lá ninguém nunca pedia desculpas e amava-se com brio a infâmia e a pena capital. Belzebu, o deus da evolução, o grande senhor de tudo que tem forma de mosca, escolhera ali para elevar larvas a insetos, dando cabo, numa tacada só, das coisas interessantes e das coisas belas.

Outra vez, acusaram o homem enigmático de mau, por suas arestas e imperfeições. "Apenas não tenho pressa", explicou; "e prefiro a morte a ter de voltar à força para o mistério da minha incriação". Satã olhou-o de frente e tudo fez para fazê-lo acreditar que era tudo o que havia. "Não comemorarei o dia de meu nascimento", continuou, "e muito menos o calendário das sazões anuais." Por essas e outras, meteram-no no garrote.

"Tudo isso, meus amigos, é usura e fruto da usura", escreveu Salem Zoar no preâmbulo de suas *Teses econômicas*, "e é a ela que devemos nossa colossal e estrepitosa veleidade de colidir antiquarks e achar que escaparemos impunes."

XIII

REFLEXÕES PRIMEIRAS SOBRE A CAUSAÇÃO INVERSA

K-gays, modificação gênica. Modificação gênica, k-gays. Neste caso, tanto fazia; eram xifópagos. Uns levavam à outra, que levava a eles. Mas, e no caso do martelo que estilhaça um globo de cristal? "Se avançamos do passado para o futuro, é o impacto do ferro no vidro que causa a destruição do globo. Mas, e se tudo se desse ao contrário? E se a direção do tempo se invertesse? Não seria então a súbita recomposição dos estilhaços de vidro[13] que faria o martelo se afastar do globo intacto, levando consigo a própria ameaça de estilhaçamento, como num filme às avessas?"

Assim ruminava Salem Zoar em indolente curiosidade, à maneira das crianças e das vacas. Conhecia matemática o sufi-

---

13. Salem Zoar apenas começara a remoer tais questões, de modo que ainda desconhecia as propriedades dessa misteriosa força reconstitutiva/destrutiva bidirecional. Mais tarde, ele escreveria: "Naquele arrebol da causação inversa, ninguém sabia ainda do ânteroantitélos que todas as coisas move para que ajam retroativamente ou evolutivamente, nem do pósterotélos que as impele para que atuem sobre tudo que as precede e as sucede." O cínico rebuscamento e a proposital ambiguidade deste pequeno excerto levaram muitos a duvidar de sua autenticidade.

ciente para saber que não precisaria recalibrar para a causação inversa as fórmulas da cinemática, da dinâmica e da entropia – bastava inverter alguns sinais nas equações e pronto –, já que o fato de o tempo avançar da frente para trás não mudava muito essas coisas. Como historiador, por outro lado, podia extrapolar à vontade.

> *E se fora a decapitação de Luís XVI que levara à tomada da Bastilha? E se fora o enforcamento ou a conjuração de Tiradentes que inspirara a cobrança da derrama? E se for a ditadura do proletariado que gera a luta de classes? E a obediência que gera o medo? E se tudo o que sempre se soube sobre tese, antítese e síntese foi explanado e entendido em ordem invertida? E se forem os atos dos filhos que determinam quem, como e quando serão seus genitores e cada um de nós for, de algum modo, o padrinho moral e mental de nossos antepassados? Seria a morte que conduz ao estertor dos moribundos e não vice-versa? E sucederia que são as enfermidades que se esvaem em saúde e não o inverso? (Mas, neste caso, de onde viriam?) Já decompus e desconstruí a história a esmo e aos montes, e consegui estipular claramente que foi a morte de Sócrates que provocou a explosão em Hiroshima. Mas será que posso ou ouso afirmar que foram as ocorrências em Nagasaki que levaram o bom filósofo à cicuta?*

Em seus momentos de folga, Salem Zoar podia ficar as 28 horas do dia nesses devaneios, tentando desvendar a causação inversa ou história bidirecional, como às vezes, equivocadamente, a chamava. De último, vinha tentando decidir se desmembrava a história em unidades distintas e descontínuas, como fotogramas de um filme sem começo ou fim, e as projetava de trás para frente, interpolando intermitências corretivas aqui e ali, ou se descartava por inteiro os paradoxos de Zenão como inconsequentes e interpretava o tempo como fluidez pura, como indivisível infinitesimalidade, "como uma espécie de água não molecular movendo-se à solta num plano inclinado infinitamente inclinável." Só mais tarde, diante da estagnação do movimento e do tempo, descobriria que o encadeamento causal da história, inverso ou direto, não era nem fora nem nunca seria linear e muito menos dialético ou circular, mas propagava-se como ondas incertas fora do tempo, costurando e recosturando eventos sem que se soubesse ao certo quais eram anteriores e quais eram posteriores.

XIV

OS DIABRETES E O LOGOS

Não vou descer a detalhes, mas antes de os terráqueos se tornarem imortais, a troposfera era tomada por revoadas imensas de diabretes insectovirológicos, que certos cientistas mais crédulos confundiriam com os raios gozosos. Qual megeras rejeitadas, e mesmo não tendo sido rejeitados, esses diabretes se vingavam de tudo e de todos projetando imagens medonhas de mutilação no interstício ocular de quem desse e viesse, de qualquer um que lhes aparecesse pela frente. Outro passatempo predileto dessas desagradáveis criaturinhas invisíveis era provocar chagas chácricas nas espáduas de suas vítimas e, às gargalhadas, penetrar na região hipersensível onde a medula se conecta aos nervos cranianos, carcomendo de dentro para fora os linfócitos que encontrassem pelo caminho e abrindo passagem para toda sorte de desassossego e de moléstia oportunista. Pelo menos é o que ameaçavam fazer.

Alguns poucos terráqueos não gostavam nada disso e achavam o convívio desigual com tais criaturas uma péssima maneira de passar o tempo. Muitos outros, porém, não escondiam seu fascínio e tentavam criar locutórios onde pudessem, sem risco pessoal, ouvir o que os capetinhas malcriados tinham a dizer e com eles supostamente dialogar. Mas tanto faz, tanto fez; durante milênios, não houve na cidade dos homens muito que uns ou outros pudessem fazer. É assim que as coisas eram, ponto. Isto é, até o dia em que os froidocobrenicanos descobriram que esses diabretes mal-intencionados podiam ser silenciados e até banidos por meio de elixires narcotizantes da pesada, daquele tipo que hermeneutas positivistas gostavam de receitar e preceituar para quem tivesse uma vida tributária e medicamentosa tida como normal.

Antes de os froidocobrenicanos chegarem às soluções narcômanas – e também a soluções livreassociativas, que tiveram seu dia de glória – Salem Zoar descobriu que, durante e após um brevíssimo período histórico, os diabretes haviam sido calados e subjugados mediante mera crença, cultivada por um sensato bando de desnorteados que entreviu, no límpido útero da mais linda mulher, inexplicável simbiose entre as entranhas humanas e algum outro estranho beltrano extra-atmosférico.

> *Segundo essa turba de perplexos só aparentemente sem guia, do mais livre dos ventres saltara para fora, falante e fagueiro, o* logos *– o bom e velho* logos *que o bom e velho Heráclito, peremptório, jurara que ninguém jamais conhecera ou conheceria. (Não é à toa que morreu na merda.) Não se sabe bem como nem por quê, mas o fato é que, com pouca ou nenhuma diatribe, os diabretes fecharam a matraca. Registros históricos atestam a penosa mudez dos eleusíneos e, especialmente, das eleusíneas, comprovando ser possível fazer cessar a fastidiosa verborreia dos diabretes.*

"Logos ou não logos, messias ou não messias, o que teria de fato ocorrido nas profundezas daquele ventre opimo naquele fatídico dia em Nazaré, nove meses antes de o guri nascer?", perguntou-se Salem Zoar, pondo fé na história que haviam lhe contado e pondo-se a refletir sobre a geração e a gestação do bom homem chamado Jesus, que fascinou e sarapantou os terráqueos antes daquele tempo prometendo-lhes abolir a morte de uma vez por todas, ainda que só depois da morte.

> *Será que algum tipo de homúnculo prontinho, vindo do além de alhures, abrolhou ou foi depositado com esmero nas vísceras da linda mulher e lá se desenvolveu, sem susto e sem temor, até a hora propícia de nascer? Ou teria um óvulo muito especial recebido a intercessão direta de um tipo sublime ou imaterial de espermatozoide, desencadeando, não obstante, um processo normal de gestação? Ou, inversamente, teria um microgameta muito especial mergulhado com intrepidez num óvulo imaterial ou sublime que havia fixado residência transitória naquele útero exótico? Ou terá havido tanto fogo carnal e paixão entre o casal que a pura aura erótica do par metamorfoseara-se no sumo da inseminação, provocando um engravidamento à distância que prescindiu dos bichinhos semimíticos que nadam no sêmen e habitam os folículos ováricos? Ou será que no âmago daquele ovário hiperfísico transubstanciaram-se espontaneamente, vindos do nada ou do tudo, blastócitos pré-formados que se transmutariam no futuro moleque? Ou teria o garoto sido concebido à maneira usual dos humanos e, em algum momento da gestação ou após o nascimento, o logos pairou sobre ele e nele se aninhou?*

“A história que me contaram é difícil de engolir”, assentiu Salem Zoar. “Mas é compreensível que tantos a tenham engolido, pois não dá para negar o fato empírico de que os coisas-ruins – e até os coisas-boas – se calaram. E a empiria não mente.”

Alentados com essa garantia de verdade, muitos conterrâneos e alguns contemporâneos metidos de Salem Zoar apregoaram-se cristãos e, sem vacilar, engoliram as boas novas sem digeri-las. “Estão aí os altares e as exegeses que não me deixam mentir. Regurgitaram crendices e disparates sem fim, mas nunca respostas próprias a essas perguntas, que são boas perguntas. Cui bono, afinal?”

XV

A PAIXÃO DE JUDAS SEGUNDO SALEM ZOAR

Naquele tempo, pouco depois de tornar-se um iluminado e pouco antes da primeira geração de imortais, Salem Zoar estudou os evangelhos e não gostou do que encontrou: só contradições internas, preceitos incoerentes, máximas inverossímeis, personagens mal delineados.

Principalmente, porém, deu-se conta de que sequer deveriam ter sido escritos, pois até mesmo as sinopses canônicas que chegaram a ser escritas asseveram que, depois que o homem Jesus partisse para alhures ou algures, o logos só se manifestaria por meio de um novo tipo de orixá, alcunhado paráclito, *"que vos ensinará tudo e vos recordará tudo o que eu vos disse"*, um ente pneumático e penseroso com o qual os terráqueos poderiam conviver quando se sentissem sós ou expostos às intempéries. "Ora, ora", raciocinou Salem Zoar, "nem de longe era para o logos ser decifrado nas entrelinhas de escrituras. Mas, já que é disso que estamos falando, e obra humana por obra humana, vou escrever meu próprio e mais coeso evangelho". E assim fez, começando pela *Paixão de Judas*.

Em suas perambulações, Yeshua, o mestre serôdio de Judas, nunca se escondeu; todos lhe conheciam o nome, paradeiro e aparente semblante. Ninguém pre-

cisaria beijá-lo para identificá-lo, ninguém precisaria sequer delatá-lo. O que então, de fato, Judas teria de valor para ofertar por 36 moedas aos feiticeiros da Judeia? Não o seu mestre, por certo, que vivia zanzando pelos lindos oásis das proximidades, à vista de todos; teria de ser algo mais mágico e mais terrível, algo mais íntimo e trágico e precioso, algo como o arcano da ortorressurreição.

Dito e feito. Logo depois de se enforcar, Judas de fato ortorressuscitou-se na estrada para Damasco, de onde seria avistado como "um resplendor de luz do céu" pelo rei dos párvulos, um tal de Saulo da Paulada, que daquele dia em diante não cessaria mais de se esgoelar pelas penínsulas para avisar a toda a gente do brilho sem imo que vira sem ver. "Devassei com osculum impudens [beijo impuro] o mestre das messes", clamou a Saulo da Paulada o vozeirão de Judas vindo dos flancos externos do céu, "e com osculum impudens adquiri o dom da ortorressurreição." Saulo, que, como seus patrícios, tinha ojeriza à palavra impudens, trocou-a por sanctus e, com malícia ou sem malícia, com intento ou sem intento, chamou de cristo o que vira e ouvira.

Foi assim, graças ao beijo priápico de Judas, que os k-gays descobriram que, parodiando o dito amor de Cristo, seriam capazes de se tornar voláteis como os corpos astrais, poderosos como os militares e eternos como oroboros pornôs enrabando a si mesmos. Foi assim, inspirados pelo imorredouro suicida dos anos 0030 e pelo arrebatador da pedra de Pedro (para darmos nomes aos bois), que os terráqueos acabariam um dia construindo a capela Sistina, o terceiro e trigésimo sexto templos em Hieroshalom, as abadias de Thelema e as sacras basílicas otomano-misológicas, onde se come diuturnamente o pão que o diabo amassou, mas onde também se pode sonhar em violar, com seu aval, os anjos.

> *E por paragens áridas andou, sem repouso e ainda sem corpo, o espírito ressurrecto e insurrecto de Judas, por centúrias e milênios, despontando ora aqui ora ali, conquistando túrbidos asseclas entre pobres e ricos, magros e gordos, encefaloides e anencéfalos.*[14]

---

14. Assim termina a Paixão de Judas segundo Salem Zoar. Em seus rascunhos, ele observou: "Judas Iscariotes, coitado, não tinha como não renascer. Estava escrito nas estrelas, ou pelo menos nos anagramas de seu nome – 'J.I., o ressuscitada' e 'J.I., a ressuscitado'." Salem Zoar logo percebeu que nessa ambiguidade ou duplicidade anagramática estavam também o arcano de seu poder presente e as possíveis formas de seu corpo futuro. "Seja como for", prosseguiu com certa irritação, achando dificílimo entender como acontecimentos tão extraordinários se justapunham no âmbito da causação inversa, "pela reencarnação assincrônica, Judas reencarna-se como Maomé ou Maomé em Judas, não sabemos, mas temo que não faça a menor diferença. Pela causação inversa, Maomé, antes de nascer, toma possessão do corpo de Judas no instante de sua morte ou da ingestão do pão molhado, que sei eu, e lá permanecem, pairando sobre Damasco ou Meca, até renascerem, ou não. Realmente não há como saber. Mas, pelo materialismo dialético, a primeira ortorressurreição de Judas na estrada de Damasco pode ser confirmada pela unção dos $[a\&h]^2$ [cf. cap. XVIII, p. 84] no leme da moral."

XVI

HELIOGÁBALO, O HOMEM MAIS RICO DO MUNDO

Salem Zoar, quando ainda estudante, esforçou-se para entender a estranha têmpera dos homens mais ricos do mundo e logo descobriu que o dedo da fortuna era, na verdade, o dedo de Heliogábalo, de cuja mãe "nunca se saberá onde, nem por quem foi fecundada".

Tão logo seu filho nasceu, a ambiciosa mãe de Heliogábalo começou a sofrer paroxismos premonitórios e, por isso, quis assegurar que, no futuro, dali a dois mil anos, ele não passaria necessidade alguma e continuaria entretido com suas divertidas provocações e zombarias.

"Ao contrário do que afirmou o senhor Antonin Artaud, meu filho não será morto sem sepultura, nem degolado nas latrinas de seu palácio", insistiu ela. "Mas de suas calúnias veio-me, em nome de zeus e do zemônio, a ideia de proteger minha amada cria transformando-o no homem mais rico do mundo. Como o segredo da infinita prosperidade é a síntese", raciocinou, "fá-lo-ei promulgar novas leis e, com elas, mataremos vários coelhos com uma só cajadada. Meu pimpolho decretará que, desde hoje, toda súdita que

engravidar, ou mesmo que chegue a parir, terá de extirpar sua prole do ventre ou da creche, imolá-la e depositar os despojos aqui no patíbulo do holocausto, a rede de hospitais públicos, para serem encaminhados aos consumidores finais."

O estratagema que ela bolou não poderia ser mais singelo: consistia, em suma, em puxar o saco das maieusofóbicas a fim de assegurar um suprimento farto, cobiçado e renovável de tecido humano pueril, com alto valor de mercado, pronto para ser vendido tanto a areopagitas como a aprendizes de feiticeiro dos sete continentes da era vulgar e, a partir da Renascença, também para as incipientes usinas de fármacos e fertilizantes.

"Os proventos desse negociarrão ao longo de dois mil anos constituirão o pé-de-meia de meu filhote. No mês do ressurgimento do rei de Angolmois,[l] espero que meu filho tenha acumulado um patrimônio de $140 bilhões, $10 de cada terráqueo. Nem é muito", ponderou a mãe de Heliogábalo, fazendo cálculos: "Dois mil anos são uns 730 mil dias. Como os juros compostos ainda não foram inventados, isso quer dizer que terei de depositar $191.780,82 por dia na poupancinha do pançudinho. O peso médio de um fequenechea-veludia de 20 semanas é 300 gramas; de um sehurena, 3200. A $1,71[m] por grama, teremos de vender por dia cerca de 375 fequenechea-veludias ou então uns 36 sehurenas. Ou seja, quando meu filho, o Sol de Elagabaal, for o homem mais rico

l Julho 1999. Cf. Centúrias X:72.

m O preço de tabela do dia a partir do qual Heliogábalo poderia resgatar o investimento.

do mundo, seu pecúlio de $140 bilhões valerá, a granel, 25.584.796 sehurenas ou 272.904.482 fequenechea-veludias."

Diante de tais cifras, a fala da mãe de Heliogábalo adquiriu contornos poéticos: "Crescerá ainda, e passará, nosso Império Romano. Bizâncio se tornará Constantinopla e reinará durante séculos. Agostinho lançará o mundo em mil anos de boas trevas e todos os dias, cada dia, precisarei depositar $191.780,82 para meu sub-reptício garotão! Virão Maomé e os califados e vikings singrarão por todos os mares da Terra. A catedral de Chartres, Marco Polo e Paracelso prepararão o terreno para Galileu redescobrir as estrelas. Capitanias hereditárias lançarão Irzbal em perpétua iniquidade. Descartes inspirará Kant que irritará Nietzsche. A Revolução Industrial se tornará sinônimo de progresso e guilhotina, de clemência. Bolchevismo, Alamogordo, LSD e DNA botarão pra quebrar. O $ se tornará temporariamente a moeda de reserva do mundo, ocorrerá o fiasco do colossal colisor de antiquarks e será instaurada a circuitografia dinâmica para reciclar mais-valia. E durante todo esse tempo, custem o que custar, venham de onde vier, lá irão mais $191.780,82 por dia para a panturrinha do popozudo."

Foi assim que a terceira geração de imortais e os homens mais ricos do mundo passaram a dever tudo o que tinham a Heliogábalo e sua mãe. E falo apenas dos machuchos públicos, daqueles que ainda davam as caras. Um só megarricaço da fina flor dos financistas ocultos, um nãomultiplicacionista da pesada, pode muito bem valer 1 bilhão de fequenechea-veludias. Hoje damos a isso o nome de isonomia. Ou, como dizia o diabo em um dos livros da sua lei,[n] "Que não haja nenhuma diferença feita entre vós entre qualquer uma coisa & qualquer outra coisa".

n Liber AL vel Legis, I:22.

XVII
O INFERNO

FAUSTO. Onde é o lugar que os homens chamam de inferno?

MEFISTÓFELES. Debaixo dos céus [...], no âmago dos elementos, onde somos torturados para toda a eternidade. Ali permaneceremos para sempre. O inferno não tem limites nem bordas, nem está circunscrito a um único lugar, já que, onde quer que estejamos, lá será o inferno, e onde for o inferno lá estaremos para sempre. [...] Quando todos os mundos se dissolverem e todas as criaturas forem purificadas, todos os lugares que não forem os céus serão o inferno.

Christopher Marlowe, A trágica história do doutor Fausto, ato II, cena I (1604)

OmniOrb padecia de grave desatino, do qual os imortais não haviam se dado conta quando a edificaram. Embora a cidadela e seus habitantes fossem eternos, estamos todos carecas de saber que o universo não é e, quisessem ou não os terráqueos, findará um dia em inóspito e hiperconcentrado calor ou em éter ultradiluído e frio como as tetas de uma bruxa, como se diz.

Foi isso. Certo dia, os imortais da terceira geração perceberam que, quando o universo acabasse, como inevitavelmente acabaria, eles continuariam vivos, mas não teriam *onde* estarem vivos. Em face do inadiável fim do cosmos, OmniOrb estava fadada a ocupar alguma paragem muito, muito abafada e muito, muito apertada (visto não haver mais espaço) e, por conseguinte, pela termodinâmica, creio eu, escorchante. O que é pior, isso seria para sempre, pois tudo haveria deixado de existir e nada mais voltaria jamais a existir para consertar a situação. Mesmo no vago ainda que não improbabilíssimo caso de outros multiversos surgirem logo em seguida ou bem mais tarde, quem ou o que haveria lá para lembrar-se de Omni-Orb, um patinho feio largado às traças num interstício perpétuo contendo só tempo e nenhum espaço, sem ter onde existir, tal como um mendigo urbano que persiste a se refestelar em plena selvageria do capitalismo sem o conforto de um cômodo ou teto, um ponto sem dimensão que todavia pulularia perenemente com a fisiologia e as emanações de todos os terráqueos que haviam vivido desde que o mundo era mundo?

Salem Zoar condoeu-se dos imortais e, para tirá-los de sua ataraxia (que, diante das circunstâncias, era indefensável), resolveu falar-lhes sobre o inferno, corolário e habitat da alma imorredoura, e sobre Deus.

Não é que o inferno seja uma má-criação de Deus, como imaginaram Russell[o] *e outros camaradas bem-intencionados, porém equivocados. O inferno é o futuro nativo, irredutível e inevitável do cosmos quando o cosmos findar. O inferno simplesmente é, ou melhor, será. Sois imortais, dizeis? Sabei, pois, que se sois imortais estais fadados ao inferno.*

Deus, por sua vez, esperto que é, resolveu ficar fora desse pandemônio de existência e não existência; tranquilo de si, como

o "Preciso dizer que concebo toda essa doutrina, de que o fogo do inferno é punição para o pecado, como uma doutrina de crueldade [...] que pôs a crueldade no mundo e lhe conferiu gerações de cruel tortura", escreveu, num espantoso non sequitur para um lógico. Bertrand Russell. Por que não sou cristão (1927).

o ádvena que é, decidiu cultivar a misericórdia a fim de tornar-se melhor e aproveitar bem o tempo.

"Ó, vós da terceira geração de imortais, precisareis de uma solidária mãozinha amiga para escapardes do tão desagradável destino que o apego à imortalidade vos impôs", disse Deus. "Vós vos metestes numa bela enrascada, prolongando-vos para sempre na duração e vendo-vos subitamente cara a cara com uma indefectível geena. Ó espúrias criaturas: quem ainda há que se preocupará convosco? Quem cogitará sequer que existais, vós que cogitais e, por cogitardes, quereis conduzir a vós mesmos?"

Estas perguntas provam que Deus não desperdiçara seu tempo e que aprendera de fato a ser misericordioso. E Salem Zoar não deixou barato:

Ó, terráqueos, já sabeis que a compaixão divina sublima graves entraves? Só que para vós, para todos nós, Deus é discrepante, dissimétrico e instantâneo. Quereis aproximardes de Deus, ou que Deus se aproxime de vós, para escapardes do inferno? Não sejamos imbecis. Sabei desde já que tal contiguidade não seria nada paradisíaca, pois, só de pensardes em vos aproximar, seríeis estuporados por infindas explosões termonucleares de todos os sóis de todos os universos, dizimados pelas 620 milhões de toneladas de hidrogênio, em média, que se fundem em cada um dos infindos sóis cada segundo, encobrindo Deus. Se, portanto, não quiserdes ser incinerados muito, muito antes de chegardes às adjacências divinas, precisamos nós todos, para nossa própria proteção, manter Deus do lado de lá, lá fora, longe de nós e de nossas cercanias, e apenas torcer para que um dia Deus se disponha a apequenar-se ou congruir-se de algum modo, por nós, por um instante, para que não tenhamos de dormir para sempre lá fora com um barulhão desses.

XVIII

ESPASMOS DE ORGASMOS 24/7®

Antes disso, porém, em OmniOrb, a casa de todos, a verve dos andróginos e dos hermafroditas [a&h] e dos animais e dos humanos [a&h] corria solta. Foi quando reinventaram a cópula e se descobriu que os [a&h]² poderiam desfrutar máxima potência de volúpia e prazer se abrissem mão das limitações da genitália e passassem a se estimular diretamente com os raios gozosos (aqueles autodeclarados sabe-tudo que haviam permitido que se reconstruisse a fonte personalizada do desejo ancestral de cada um e que alguns haviam acertadamente confundido com os diabretes insectovirológicos). "Hoje a genitália só atrapalha", diziam. "Ela logo se exaure, deixa de intumescer e temos de ficar esperando até que se recomponha; o que queremos são ESPASMOS DE ORGASMOS 24/7®. Afinal, se OmniOrb pode nos garantir deliciosas trufas para comer e sofisticados casulos para morar, por que não pode nos oferecer espasmos de orgasmos 24/7®?", silogizavam e sofismavam e reduziam ao absurdo com indisfarçada petulância.

No caso dos [a&h]², tudo isso, ou o simulacro disso tudo, talvez até fosse possível. Era só uma questão de boa vontade e tolerância, e de deixar que os raios gozosos plasmassem os apogeus e clímaces de sua intricada sexualidade genital e impregnassem suas matrizes de deleite infindo com a imperscrutabilidade da multiplicidade. No corpo, bastaria então decepar a genitália, para que não interferisse no prazer, e enxertar no grotão resultante pequenos bólidos contendo essas matrizes de delícias perduráveis. Era muito mais lógico e muito mais prazeroso, e ninguém soube explicar por que a especiação e a seleção natural tinham deixado escapar essa mutação tão evolutiva, que já deveria estar vindo ocorrendo desde pelo menos antes da pré-história.

OmniOrb era um sistema bem fechado, que prescindia de pósteros, o que vale dizer que sehurenas não eram bem-vindos. Fora manufaturada para abrigar todos os terráqueos que já viveram desde que o mundo é mundo, mas não se previra lugar para novos membros. Nem daria para incluí-los, pois então OmniOrb acabaria se infinitizando no espaço, o que seria um contrassenso. Limitados por essa realidade e alentados pelos ESPASMOS DE ORGASMOS 24/7®, os $[a\&h]^2$ confirmaram que a castração era mesmo a melhor solução e revogaram todas as disposições em contrário. A esterilidade tornou-se o auto da fé da vida e a genitalidade, obsoleta. Assim teve de ser, eles que mutilaram a si sob anestésicos e não hesitariam em mutilar tanto mais tantos outros, sem mitigação alguma, quando chegasse a hora. “Cabala neles, canalhas!”, clamaram os últimos anarquistas bem-cheirosos.

XIX

A FOME DOS IMORTAIS

Às vezes, os terráqueos ainda se lembravam do novo tipo de agonia que a primeira geração de imortais suportou quando sua existência se complicou. Aconteceu assim. Ao contrário da segunda geração, que bem ou mal se autoalimentava, a primeira ainda era forçada a consumir nutrientes. Não comiam muito, é verdade, visto que seus cânceres eram de baixa manutenção, mas era preciso haver um suprimento constante e contínuo de algum alimento afora as cápsulas de fequenechea-veludias e o estímulo autoerótico para evitar um temível paradoxo: seres imortais sem alimento que os mantenha vivos e que, todavia, se mantêm vivos mesmo sem sustento algum.

Todos se recordam como foi difícil aturar a época da Grande Escassez, quando tudo na Terra era abundante exceto pão, água e ar. Todos nós tínhamos nossos aeróstatos pessoais, nossos ulceradores subcutâneos, nossas maquinetas de produzir sonhos, nossos implantes de aprendizado imediato, nossos microgeradores de plasma, nossos prognosticadores de chuva. Desde que escravizáramos os elétrons, a micromanipulação intra-atômica permitira-nos obter qualquer elemento a partir de qualquer outro elemento; sabíamos converter hidrogênio em hássio ou lutécio em hélio sem o menor problema. Todavia, como a grande simbiose entre física, química e biologia ainda não dera muito certo, ninguém conseguia gerar matéria orgânica coerente e, com isso, os imortais começaram a sentir os tormentos da fome.

A primeira solução encontrada tornou-se clássica e já foi decantada em prosa e verso, em lamentações, jeremiadas e deuteronômios, a saber, aquelas inolvidáveis pastilhas concentradas de cadáveres daqueles que ainda morriam. Essa solução nunca satisfez totalmente a nata dos imortais, que tinha pudor de comer daquele globo alimentar tão democrático, mas pelo menos deu para postergar a calamidade. Porém, como os próprios mortais tinham de ser alimentados, o custo/benefício do arranjo deixava um pouco a desejar.

Agora que a antiga proposta de mães e pais comerem os próprios filhos tornara-se inviável visto que quase ninguém mais nascia, os pernósticos empreendenovadores resolutivos da época surtaram e divulgaram um longo panegírico à antropofagia truncada, arguindo que separar a cabeça do tronco, preservar aquela viva e deglutir este uniria o útil ao agradável no melhor dos dois mundos: daria não só pra comer os proletas sem arcar com o ônus de matá-los, como também aproveitar os ambíguos resíduos de inteligência que porventura ainda emanassem de suas cabecinhas residuais.

Todavia, o canibalismo era um esquema provisório demais para quem tinha a eternidade toda pela frente. À medida que mais e mais terráqueos iam optando por se tornar imortais, houve grave carestia de cadáveres; logo, logo, quando todos passassem a viver para sempre, essas exéquias nutrimentais só seriam encontradas no mercado negro.

No desespero, quando a coisa apertou mesmo, começou-se a lançar, vivos, os imortais mais frágeis no globo alimentar igualitário, o que perturbou sobremaneira a fina sintonia do sistema, pois se você ingerir um ser que nunca morre, como fica seu aparelho digestivo?

No final, depois de muitos imortais parcial ou quase inteiramente devorados e muitos intestinos aflitos, decidiu-se que o melhor mesmo seria adaptar o corpo imorredouro dos terráqueos para que eles conseguissem comer pedras. Haviam tentado comer insetos, mas pressentiram que era uma coisa meio promíscua, quase blasfema. As pedras não eram muito saborosas, mas o universo estava cheio delas e daria para perpetuar a existência por um tempão.

XX

O DIA DA PESTE

Ninguém esperara que os imortais um dia passassem fome, mas é preciso lembrar que também ninguém esperara que, antes de OmniOrb, os terráqueos fossem adoecer coletivamente. E os governantes erotocomatosos, que vinham ensejando o seu fim (ou, pelo menos, seu sofrimento), aproveitaram para atiçar o fogaréu. Inflados com o flogisto do diabo no corpo, confabularam maneiras de eletrocutá-los, para se divertirem um pouco, visto que não podiam abrir mão totalmente do lumpemproletariado e, portanto, não daria para darem cabo definitivo de todos. Não foi difícil; foi só uma questão de aumentar a voltagem e agregar injúrias e insultos a seus ferimentos.

O fato é que, bons doidivanas que eram, os terráqueos haviam esbanjado todo o seu capital de higiene e saúde em comportamentos fecais e habitats imprudentes e agora, sob a perdulária palmatória dos médicos invasores, que a essa altura já haviam se autocognominado caduceus, não sabiam mais o que fazer diante do surto incessante de infecções. Pareciam baratas tontas e, estonteados e teledirigidos, decidiram ou induziram-se a eliminar as causas de todas as doenças.

Arteiros, matreiros e sôfregos para eliminar causas, os terráqueos, que viviam confundindo alhos com bugalhos, não souberam discerni-las dos efeitos, acharam que achariam a etiologia de todas as doenças fora de nós e acabaram deparando apenas com seus efeitos dentro de nós. Certa vez, aos atarantados e esbugalhados terráqueos (cujos governantes continuavam eletrocutando-os com correntes de até 0,13 ampere) foi imposta a dúbia bênção educacional de consecutivas moléstias rebanhias, e seu corpo e seu imaginário coletivo foram acometidos por ondas sucessivas de pestes funestas e chocos achaques que os deixaram capadócios, pusilânimes e agressivos. Tão agressivos que, mesmo eletrocutados diuturnamente, se armaram para pelejar contra os efeitos das doenças (e.g., proliferações virais) crendo estarem debelando suas causas.

Tempestearam em seus cérebros ideias atônicas e, tomados pela acédia, tramaram algo estrambótico: "Amalgamemos o mal que está lá fora com o mal que está aqui dentro, injetemo-nos com fármacos estupefacientes que ordenem nosso corpo a *produzir* os vetores mórbidos dos males que de nós queremos extirpar, para então os combatermos com os espasmos induzidos do nosso sistema imunológico superexcitado". Como projeto farmacológico era meio contraditório, convenhamos, mas todos julgaram a nova terapia citogênica sua magnum opus pessoal. E batizaram-na de profilaxia preventiva, a ciência de tomar efeitos por causas e de pressupor que todos, sãos ou malsãos, somos protopatológicos e precisamos ser inoculados contra todo distúrbio antes mesmo que venha à tona.

Tudo isso ocorreu bem depois do tempo do "sois todos pecadores, et cetera e tal", é claro, e foi justamente esse novo arranjo iatrogênico dos terráqueos que fomentou as acalentadas oncovacinas neoplasmáticas que obsequiaram ao mundo a primeira geração de imortais. Daí não houve mais volta. E daí para a merdologia geral da segunda geração foi zás-trás.

XXI

DESVARIOS DE UMA REVOLUCIONÁRIA MALCHEIROSA

Certa noite, quando OmniOrb ainda não se tornara definitiva, Salem Zoar cruzou com uma revolucionária malcheirosa. A revolucionária estava no meio do mato, ouvindo o futuro som de Londres e esperando o mundo acabar. E lhe disse:

> Salem, quando for escrever contra ÊxulExu, saiba que ele não gosta que escrevam a seu respeito. Esta é a terra dele. O mundo é dele. O futuro som de Londres é dele. E, a cada faceta dele que mencionar, ele desfraldará em cima de você um montão de maldições *correspondentes*. Saiba, portanto, que quanto mais abundantes forem essas ou aquelas maldições, tanto mais veraz terá sido essa ou aquela faceta dele que você desvelou.

O futuro som de Londres era donairoso e eclético, mas o ritmo maquinal prenunciava já certa agrura coletiva lá nos arrabaldes do antigo polo magnético. Na terra de Irzbal e arredores, contudo, só havia silêncio, que sempre fora imposto com rigor; e quando digo silêncio, falo de mentes que não cogitam. Ao longo de toda a nossa história, quase só conhecêramos silêncio e se agora ensaiavam-se os primeiros ruídos dissonantes do futuro era porque os cidadãos de Irzbal perceberam que só eles tinham na manga um pulo do gato, pois só ali, do planeta inteiro, amava-se não só todos os sons do mundo mas também os sons de todos os mundos.

A escuridão rural era acolhedora, balsâmica. Desde que os astros haviam parado de mover, a Lua só nos orbitava na imaginação e, no fim daquele dia, cheios de imaginação, Salem Zoar e a revolucionária malcheirosa viram a noite piscar, insolente. Atônitos, viram massas estupefatas explodirem-se no além-mar, cegas ao desabar das potestades, viram hordas de brutos devorarem iguarias de empórios reservados, viram esgotarem-se as fontes dos sonhos e as noites já não bastarem para realimentar os poços, viram os néctares do sono serem exaltados, viram, em meio a vapores e raios e uivos e trombetas, renascerem os rituais proibidos e viram a última carnificina dos insaciados. Viram divisões ornamentadas serem convocadas a se unir em variantes deformadas da rota messiânica e uma nova beleza com sabor de amálgamas borbulhantes ser divinizada como coroa ao retroimperador.

Escandalizada com essas visões do desejo, a revolucionária malcheirosa achou por bem rejeitar publicamente OmniOrb. E abjurou a cidadela. E repudiou-a: "Não arriscarei o acaso nem arriscarei perder". Foi, apenas por isso, triturada nas mãos de laicos fanáticos, rasgada e dilacerada por sonhos já findos e desfigurada no compasso de pesadelos medonhos.

Salem Zoar condoeu-se do sofrimento da revolucionária malcheirosa; seu júbilo estancou, embrutecido – o júbilo de quem driblara com garbo as duas primeiras gerações de imortais e encasquetara de longa data a ideia herege de que perenidade talvez não fosse coisa tão boa assim... "Quero poder transmutar-me em chuva fria caindo no verde da relva sempre que quiser", explicou a si mesmo, aludindo a um dom que adquirira quando se iluminou.

Embora temesse e execrasse na mesma medida os suplícios a que a revolucionária malcheirosa fora submetida, resolveu, pela primeira ou segunda vez na vida, pensar duas vezes.

XXII

OS INVASORES

Naquele tempo, Salem Zoar descobrira que os médicos eram invasores e que reprimiam e suprimiam os terráqueos com uma medicina à base de opressão. "De onde viriam?", perguntou-se. "Para que estariam aqui? Por que parecem ser tão iguais a nós?"

Os terráqueos, antes de se tornarem imortais, e mesmo depois, nunca haviam gostado muito das doenças, que abalavam seu senso de eternidade, e é por isso que toleravam a contragosto a medicina. A maioria das doenças e ferimentos doía pra chuchu e a maioria dos terráqueos também não gostava de dor. "Haja pajés para dar conta de tanta dor", constatara Idm LaaAal ao desencarnar-se pela última vez. E pajés houve, muitos aliás, bons prescribentes de anódinos alguns deles, que preservaram os terráqueos do trauma da dor desmedida e os ajudaram a chegar até aqui sem sucumbirem à desesperança.[15]

---

15. "Claro", ponderou Salem Zoar segundos após a iluminação, quando alguns feixes luzentes ainda estimulavam seu cérebro e antes de se pôr a estudar a história, "se os terráqueos, como mínimo dos mínimos, apagassem todos os incensos e praticassem um gracioso tai-chi matinal ou vespertino ou ações de graças de manhã, à tarde e à noite, pouco ou nada disso aconteceria. Em outras palavras, se desenvolvessem a atenção que evita aci-

Houve outros, porém, pajés só de nome, insatisfeitos com o funcionamento saudável dos corpos e sempre afeitos a provocar um belo trauma, que decidiram interferir no que já estava bom. Por algum motivo, acharam auspicioso começar a mutilar e transmogrificar a si mesmos e a seus pacientes, por mero prazer, fama, injunção ionosférica ou tesão pelo novo. Por exemplo, certo grupo forte e influente irritou-se um dia com o prepúcio, sabe-se lá por que cargas d'água, e decidiu que seria de bom alvitre arrancá-lo fora. "Vamos traumatizar nossos infantes desde a mais terna infância para que os tenhamos sempre conosco", vaticinaram. Por séculos e séculos, pedacinhos de carne humana perfeitamente saudável, escolhidos a dedo, tolhidos a faca e colhidos a boca foram sendo depositados no tabernáculo desse conciliábulo. Grupos menos fortes mas mais numerosos, por sua vez, tementes a mulheres, enervaram-se com a glande do clítoris e propuseram decepá-lo por inteiro, e a seus pedúnculos e aos lábios vaginais também se possível, e assim foram enchendo o tabernáculo de outro conciliábulo. Povos negroides e vermelhoides inteiros, inconformados com a própria boca, dedicaram boa parte da vida a transformar seus lábios em bocarra. Isso para não falar que, por livre e espontânea vontade ou por encomenda de receptadores, juntas médicas de ectrômeles ectróticos sempre retalharam

---

dentes, a prudência que previne hostilidades, o bom compasso que elimina a pressa, e o bem viver e a higiene que fazem maravilhas contra as moléstias, todos os males da natureza seriam interceptados antes que transparecessem e os terráqueos seriam galardoados com uma boa vida e uma boa morte. E os pajés se tornariam obsoletos."

sem dó os fequenechea-veludias e até os sehurenas de fêmeas irascíveis. E isso sem falar nos bisnaus brancoides de Birkenau e em todos os cirurgiões espúrios que anteciparam, para glória própria ou do Estado e às custas de indizível sofrimento alheio, o pega-lá-põe-cá de órgãos, troncos e membros em OmniOrb. Quando se julgou que as conexões entre os lóbulos frontais e o tálamo eram supérfluas, decidiu-se que seria terapêutico lobotomizá-las definitivamente em nome do indivíduo e no da pólis. Não demorou até que fosse extirpada das crianças de todas as nações uma pequena glândula da garganta, dita inútil, maléfica e feia, e uma geração inteira se tornasse politicamente afônica em decorrência. Pouco depois, desde a alvorada da era das pestes persistentes, nunca mais ninguém enjeitou as terapias gênicas improvisadas que lançaram o corpo dos terráqueos contra o próprio corpo à conta de salvar o corpo. E, é claro, com a ascensão dos [a&h]^2 e seus ESPASMOS DE ORGASMOS 24/7®, o gáudio coletivo pela castração tornou a genitália prescindível, amputável e destinada ao relicário de órgãos de OmniOrb.

Se, desde a pré-história e até recentemente, pajés singelos nunca negaram fogo para tornar suportável a vida dos corpos em um planeta tão pouco afável, outros doutores, os invasores, sempre almejaram mais, para si ou para seu projeto de humanidade, um corpo melhor, mais forte, mais apto, mais bem selecionado, mais como eles mesmos se imaginavam, mais à imagem e semelhança de seus caudilhos, os [a&h]^2.

"Tonsilectomia & afonia política, postectomia & subserviência, amblose & excisão da afeição, afã vacínico e paúra; todo trauma tem consequências", concluiu, prima facie, Salem Zoar. Trauma, como os froidocobrenicanos bem sabem, é um treco complexo. Fica escondido, lá no fundo da psique, como serpente pronta para o bote, contaminando tudo que passa por perto, transtornando em doses homeopáticas a cosmovisão de sua vítima, até engoli-la por inteiro agora e na hora da sua morte. Trauma tem outra característica peculiar: quem o sofre sempre quer que outros o sofram, numa espécie de ciclo caritativo infernal. Por estas e outras, trauma sempre foi algo muito apreciado pelos doutores invasores, os habilitados caduceus, que gostam de infligi-lo sempre que possível, cientes de que o trauma cirúrgico, mesmo quando emasculado sob anestésicos, permanece quase intacto e perenemente imanente. É uma das armas mais eficazes de seu arsenal. Traumatizados eles próprios, é assim que ganham a vida, bajulando os monarcas e controlando as multidões.

Salem Zoar descobriu, pois, por que os invasores estavam aqui: para traumatizar e dominar. Conheceu quem eram seus cabos de guerra: os [a&h]^2. Entendeu que eles se pareciam tanto conosco porque eram nós. Mas de onde vinham? E quem os enviara?

XXIII

A DECLARAÇÃO DE OUROPEL E O MANIFESTO DE DACHAU/HIROSHIMA

Quando começou a refletir sobre os vários processos possíveis de causação inversa, Salem Zoar julgou que seu foro fossem os acontecimentos públicos, não os íntimos. Isso porque, ao estudá-la, deparou-se justamente com um inesperado evento público, uma anomalia histórica, o oroboro distintivo da historiografia contemporânea: o loop de causação *recíproca* entre o Ano de Nosso Senhor de 1914 e o Ano de Nosso Senhor de 1939, um loop semiestacionário no tempo do qual emanava toda a história do passado e toda a história do futuro.

Sabemos que o evento mais notável do Ano de Nosso Senhor de 1914 foi a Declaração de Ouropel, na qual os sete homens mais poderosos do mundo – todos os quais, coincidência ou não, autóctones da Judeia – bravatearam que haviam surrupiado para si (como de fato haviam) a saga iniciada com La sortie des ouvriers de l'usine, mercantilizado-a e usado-a para produzir e lançar ao mundo a mais totalitária das artes, uma nova arte nova que era em si mesma arremedo e paródia da morte, uma arte que devia a existência ao que seus próprios advogados denominavam *suspensão da descrença* (ou, às vezes, os mais realistas, *subserviência à delusão*), uma arte que, através dos olhos, com escusas ao finado e desafinado Jim

Morrison, sugava para o crânio todas as sensações e sentimentos, e provocava nos terráqueos seguidas ereções cerebrais. Os sete grandes referiam-se não à arte da guerra ou da psicologia, por certo, mas exclusivamente à do cinema narrativo mercantil – o cinem*ah!* –, a qual haviam monopolizado. Foi o cinem*ah!* que fez com que os terráqueos se embasbacassem pelo pisca-pisca da tela plana e pelo lusco-fusco das projeções mentalográficas, e que julgassem enxergar lógica, ideias e modelos de comportamento na mera alternância entre luminosidade e negrume. Essa arte, inclemente como um verdugo, não requeria artífices e sim produtores, como os sete homens mais importantes do mundo, e compelia os terráqueos a emularem em gestos e intenções os gestos e as intenções que imaginavam ver nos vultos imaginários que imaginavam existir de verdade em algum lugar ou plano intrapsíquico. Numa palavra, é triste dizer, essa arte transformara os terráqueos em talos secos impensantes, como mencionado em várias profecias de AtmanKadmon.[p] Era verdade: bastava um terráqueo assistir a um estupro, empalamento ou sorriso imagético para que imediatamente o substrato instintivo de sua psique passasse a aceitar os estupros, empalamentos e sorrisos reais como corriqueiros, a legitimá-los e a até a querer emulá-los em outros e variados contextos. "Quelle horreur", consternou-se Salem Zoar. "Quem haveria de querer fazer uma coisa dessas conosco?"

p E.g., "Aquele que emular imagens cinematográficas ter-se-á tornado um autômato dos quintos dos infernos."

Por sua vez, o fato mais marcante do Ano de Nosso Senhor de 1939 foi o Manifesto de Dachau/Hiroshima, que preconizava reduzir o corpo dos terráqueos a frangalhos e, sempre que possível, o uso e desfruto desses mesmos terráqueos esfrangalhados por outros terráqueos mais terráqueos que eles.

Os terráqueos mais terráqueos, instigados (para variar) pelos médicos invasores e sempre preocupados com o que lhes aconteceria se tivessem de ir para o hospital, o asilo ou a prisão, abraçaram e festejaram o documento, desde então, desde sempre e desde antes.

Salem Zoar, ao escarafunchar a história para descobrir quem estaria sob os holofotes e quem por trás dos bastidores dos grandes eventos dos Anos de Nosso Senhor de 1914 e de 1939, constatou, com certo estupor, que não só os algozes de 1914, mas também as vítimas primeiras de 1939 jactavam-se de serem autóctones da Judeia e de terem em comum muito mais do que deixavam transparecer. "Essa é boa!", exclamou. "Aí tem coisa... Algo me diz que a corja de Alomogordo também está entranhada nesse cambalacho."

Salem Zoar decidiu aplicar a causação inversa e ver o que dava. Pela causação direta, pareceu-lhe axiomático que fora o cinem*ah!*, a arte malfazeja perpetrada pelos mandachuvas de Ouropel, que provocara, geração e meia depois, os terríveis suplícios impostos, ao menos no início, justamente no lombo de seus conterrâneos da Judeia:

> *É triste, eu sei, meu velho, mas carma é carma, não dá para se safar: ninguém que tenha usado ou feito outros usarem nitrato ou celuloide para provocar tesão agônico nas multidões e extirpar-lhes da alma a ideia de redenção pode esperar escapar incólume, ou esperar que escape incólume o clã que o ampara (mesmo que nada tenha sido intencional ou conspiratório, mesmo que tenha sido tudo mero fruto da veneta por vedetes), mormente quando se presta juramento*

de sangue e de nascença a um Punidor vingativo que visita a iniquidade dos pais nos filhos até a terceira e quarta geração.

"Dachau, pois, nasceu em Hollywood!", constatou Salem Zoar. "Quem diria?! Produzido pelos sete ou setenta magnatas mais poderosos do mundo, foi graças ao cinem*ah!*, que embarga a reflexão abstrata e frustra e denigre a confraternização, que suas vítimas, i.e., os espectadores do mundo inteiro, aprenderam a acatar ou decantar ou ignorar de alto e bom tom não só beijinhos faceiros de raparigas mas também as bárbaras sevícias que fermentavam antes, durante e depois de Dachau, pois assim é o tônus da propaganda político-ideológica."

Não se chega a tais conclusões com impunidade no plano astral e, como um apóstata sendo arrastado ao fuzilamento, Salem Zoar foi imediatamente fustigado de todos os lados por todas as vozes retaliatórias do panteão ofendido, que exigiam desforra. Era o tratamento padrão reservado aos apóstatas. Sobreveio-lhe então grande perturbação; por longo tempo, não teve mais repouso, nem sossego, nem descanso.

> Maldito és dentre os animais, Salem! Maldito por clamares contra o sangue derramado! Maldito és por ousares levantar a mão contra os filhos diletos do imperador! Maldita tua porção e teu parco torrão sobre a Terra! Maldito seja tudo o que vês e pensas e deduzes! Malditas todas as obras da tua mão e mais ainda as da tua pena! Maldito sejas por desacatares quem quer apenas reter o que tem! Malditos sejam todos os que abençoares e benditos todos os que amaldiçoares! Maldito por não te deixares ferir pelos que

te molestam em cultos ocultos! Malditos os frutos de teu baixo-ventre e maldita a apetência de tua mente! Maldito sejas por romperes o pacto de jamais abrir o bico! Maldito serás ao entrares e maldito ao saíres! Maldito o pão que comes, maldita a água que bebes e benditos os brônquios enfisematosos que rarefazem o ar que respiras! Maldito o pai que te gozaste, maldita a mãe que te pariste e maldito o dia que te nasceste! Maldito por chamares mácula de mácula! Maldito por não permaneceres no teu devido recinto! Malditas tuas multidões e tuas leis! Malditos teus amigos, maldita tua família, malditos teus pares! Maldito sejas hoje, ontem e até depois do fim dos tempos! Malditos os pés com que te pões na vertical, a bunda em que sentas e o dorso no qual deitas! Tudo que tiveres será arrancado de ti e haverás de rastejar na indigência pelos regos e sarjetas e, qual verme, serás vituperado e cuspido e mordido e babado e mijado e cagado por todos!

"Vade-retro!", contra-argumentou Salem Zoar, lembrando--se do bom senso da revolucionária malcheirosa. "Estou aqui apenas raciocinando. Por que todas essas vozes rancorosas? De onde vêm?"

E o pior é que o pior ainda estava por vir. Quando enfim examinou as coisas pelo viés da causação inversa, meio que de frente para trás, meio que do futuro para o passado, constatou que, inevitavelmente, é o castigo que conduz ao crime[q] e que, portanto, fora meio o castigo macabro de Dachau que, de marcha a ré, provocara o crime do qual a própria existência dos campos dependia, o crime da imbecilização dos

q Por exemplo, será o medo prévio do castigo, travestido de culpa, que levaria Raskolnikov a matar; não foi o assassinato que o fez sentir-se transgressor.

povos perpetrado pelos sete ou setenta maiorais e sua arte escapista, que amorteceu e amorteceria todas as gentalhas gentis àqueles horrores futuros e permitiria e praticamente os obrigaria a surgir. Dachau, sequiosa de existir e preexistindo no futuro, só poderia existir se assegurasse, lá do futuro, a alienação que levaria e já leva as multidões a substituírem, no presente, a realidade vindoura dos crematórios pelos lúdicos crematórios imagéticos do cinem*ah!* – o qual, aliás, se raciocinarmos bem, sem preconceitos estéticos, no fundo no fundo só existiu e existirá para que Dachaus existissem e existam para que o próprio cinem*ah!* exista para a glória e consumação de todas as coisas. "Crimes e castigos são recíprocos, pois", surpreendeu-se Salem Zoar. "Dachau, a mimosa mecenas de Hollywood, deve tudo aos auspícios dos sete ou setenta maiorais, que, às avessas e de ponta cabeça, devem toda a sua prosperidade e pujança a Dachau."

> *Vejo que, na ordem direta, para que os terráqueos ousem romper o Tabu de Treblinka, precisam ser antes e depois entorpecidos e quebrantados pelo cinema narrativo mercantil. Vejo também que, pela ordem inversa, entre as benesses de se romper o Tabu de Treblinka (imortalidade, por exemplo) está o prazer ilícito de romper esse tabu específico, que por sua vez libera a ânsia inata de infringir tabus, que por sua vez clama pelo cinem*ah!* e o faz surgir – ele que é em si um rompimento de um tabu.*[r] *O loop contínuo entre a incineração de almas pelo cinem*ah!* e a incineração de corpos em Dachau é como uma gigantesca explosão*

r Conforme reza o 36º mandamento do profeta antropomórfico AtmanKadmon: "Não transubstanciai imagens para não causardes calamidades".

> *termonuclear que continuamente provoca grandes ondas de causação histórica, tanto em direção ao futuro (novos rumos para a ciência e a moral, eutanásia utilitarista, unguentos superpoderosos à base de fequenechea-veludias) como em direção ao passado (modos cada vez mais perfeitos de exacerbar, nos terráqueos, o incontido frenesi de divertirem a alma e ocultarem de si mesmos o porvir que já pressentem).*

"Ou seja, há um loop inconsútil, orobórico, entre a mortalha do cinem*ah!* e as fornalhas de Dachau." Entusiasmado, Salem Zoar cantarolou à maneira de Jeca Tatu: "Eta nóis, essa causação inversa é danada de boa para desencavar inter-relações!".

XXIV

BREVE CARTILHA PARA OS JUDEUS SOBRE MOISÉS

Assim estava o mundo quando pediram a Salem Zoar que preparasse para os judeus uma breve cartilha sobre Moisés. Ele não gostou muito da ideia, pois não fazia e nunca fizera acepção de povos, línguas ou raças. Porém, como lhe fora pedido com humildade, respeito e real vontade de aprender, respondeu: “Escreverei uma cartilha de três parágrafos, mas tenho de impor uma condição: que ela seja acatada”.

A imposição causou certa comoção; por bons motivos, os judeus não tinham o hábito de confiar tão às cegas em ninguém. Contudo, como encontravam-se irremediavelmente perdidos entre achar que o messias já estava quase chegando e que jamais viria, decidiram que não tinham opção. “Ok”, disseram. “Vai nessa.” E Salem Zoar foi.

Deus, inexperiente na arte de criar universos, estava desesperançoso. Sua mais altiva e luminescente criatura não só não dera certo como assenhorara-se do tempo, imiscuíra-se em todos os nichos da criação e ainda por cima tinha pretensões de dominá-la e tomá-la de assalto para si. Embora não fizesse o menor sentido no longuíssimo prazo e revelasse supina ignorância do que é eternidade, o projeto luciferiano

– sujeitar os terráqueos às agruras do tempo linear e assim glorificar e cooptar a impermanência da perenidade – era tão diabólico que Deus não tinha como interrompê-lo. Se desse um basta imediato a essa lambança satânica, muitas de suas mais lindas criaturas, seduzidas e forçadas pelo lauto autocida a nascer no futuro, sequer viriam à luz e acabariam seus dias no inferno antes mesmo de serem concebidas. Não lhe pareceu justo. Como amava a justiça acima de tudo, viu-se constrangido a tolerar a injustiça e a dor e aguardar até que nascesse no plano histórico a última criaturinha que ele criara antes e fora do tempo.

Deus condoeu-se dos pobres terráqueos, que estavam se ferrando a torto e a direito, em grande parte devido à monumental cagada que ele mesmo cometera, ele que, não sabendo o que é cupidez, nem imaginara que, em sua imperfeição, fosse criar um serzão suntuoso e cheio de apetites. Lá na Terra, por exemplo, que era o palco dessa tragédia toda, inveja e cupidez corriam soltas e até mesmo os judeus – que, arrogantes como ninguém, não sentiam inveja – só cometiam besteiras e haviam se tornado covardes como Adão, promíscuos como Ló e Noé e sicários como Abraão e Davi. "Antes de passar definitivamente o cetro da sabedoria para Lao Tzu daqui a alguns séculos, vou dar uma passadinha por lá e ver se consigo aliviar-lhes um pouco essa sina", pensou Deus.

"É cedo demais para que eu chegue lá como um deles. Como lhes sou desproporcional, vou me esforçar para aparecer-lhes sob a forma de uma chama

fria que não se extingue e vejamos o que acontece."
Assim fez. Percorreu e fez aparições por toda a Terra. Em todos os continentes, porém, os primitivos terráqueos mostravam-se tão maravilhados com o fogo que ardia, mas a si e a nada queimava, que se punham de quatro diante das labaredas, feito as bestas-feras que realmente eram, e ficavam balbuciando incongruidades. Menos Moisés, que escondeu o rosto, porque, prudente, temeu olhar.

XXV

OS NÃOMULTIPLICACIONISTAS

Ok. Essa história toda de seres imortais comendo cocô e o universo revirando-se nos eixos e um Deus avuncular de índole coloquial pode ser muito divertida, e alusiva, e até verossímil, mas todos nós sabemos que o que importa mesmo, desde a selvagem pré-história até o final dos tempos, é a economia, o que vale dizer, o agregado de tudo o que cada terráqueo faz para sobreviver.

Pouco antes de OmniOrb, os terráqueos, pra variar, haviam se metido numa enrascada econômica braba. Por séculos e séculos, tinham desfrutado as dádivas da usura, a cornucópia corporificada da qual emanavam todas as riquezas. Tudo parecia funcionar às mil maravilhas, com os ganhos usurários indo quase inteirinhos para novas usinas e para o livre comércio e para a proliferação cada vez mais requintada de artefatos e quinquilharias e atividades e relações e minas de carvão. A alma humana sofreu um golpe quase fatal em decorrência do avanço abrupto do capital, é verdade, embora até isso tenha sido para o bem, já que as descrições do próprio sofrimento eram reincorporadas ao sistema como arte, ou ensinamento, ou entretenimento, ou sistema político, ou castigo.

Entretanto, ai de nós!, antes mesmo de cessar o movimento dos astros nos céus, a população do planeta levou um susto danado quando, zás-trás, vieram à tona uma falha estrutural do sistema e outra, concomitante, no aparato mental dos terráqueos, que, associada à fadiga crônica que os acometia, impedia-os de corrigirem a falha sistêmica.

"Ninguém discordava que o sistema tinha de crescer e multiplicar continuamente para se manter e, embora todos soubessem que isso não daria para continuar para sempre, ninguém gostava de citar prazos em público", constatou Salem Zoar. "Apesar de uma ou outra guerra, ou por causa delas, os mecanismos financeiros foram crescendo e multiplicando aos trancos e barrancos, sob inspiração do dogma expansionista." Cresceram e multiplicaram tanto, que, um dia, graças a novos aparelhos manufaturados nos Penhascos de Cybernia, alguns espertalhões descobriram que o sistema havia se tornado tão grande e complexo que já era possível crescer sem multiplicar.

E embarcaram com tudo na aventura que se iniciava. "Daqui para a frente, compraremos e venderemos coisas que não existem!", propuseram, autodenominando-se nãomultiplicacionistas. "Não precisaremos mais desperdiçar dinheiro e energia nem em produção nem em trabalho; poderemos ficar com tudo só pra nós!" O esquema era simples e brilhante; bastava valer-se do próprio sistema financeiro e reverter os dividendos da usura diretamente de volta para o capital usurário, sem que o lucro precisasse passar por nenhum intermediário do ciclo de negócio ou ser repassado para ele.

Oroborosorium pecuniarium, assim mesmo em pseudolatim (pois cultos é que não eram), foi o nome que deram ao jogo autofágico que tinham inventado, cuja única regra era praticar desatinos especulativos cada vez maiores – reservas fracionárias, transações de alta frequência ou moedas-fantasmas – para amontoar cada vez mais dinheiro nas mãos supostamente cada vez mais carentes dos nãomultiplicacionistas.[16]

Tudo o que se plantar e der é bom – este é o rudimento-mor do sistema usurário; parece lógico no contexto agrícola, mas nunca foi realmente comprovado ou sequer posto à prova fora dele. Os nãomultiplicacionistas tinham plantado, e dera. E justamente porque tudo o que dera dera-se somente para eles, acharam isso bom e se julgaram agora aptos e certificados a ditarem as novas regras do jogo. Os nãomultiplicacionistas viraram protagonistas e a comunidade aceitou-os como tal, isto é, como os tais. Mas também os aceitou como iguais. Ainda que não multiplicassem, isto é, ainda que nada dividissem, ainda que fossem como vírus ou parasitas, não havia nem mais como nem determinação para desancá-los. Mesmo porque, visto que os nãomultiplicacionistas haviam se enriquecido a olhos vistos com o labor infértil e alienado de outros, sem precisarem trabalhar (e, nos estágios mais avançados da especulação, sem sequer que outros trabalhassem por eles ou para eles), todos quiseram ser e agir igualzinho a seus novos heróis.

---

16. Tanta concentração houve – mentores-mores, gestores e sucessores de Heliogábalo chegaram a valer mais de um bilhão de fequenechea-veludias – que eruditos astutos, saudosos dos bons tempos de Hammurabi e numa última atitude de audácia, propuseram a mesma solução adotada pelo velho monarca: os jubileus, perdões periódicos das dívidas impagáveis e a redistribuição ordenada de certos tipos de riqueza espúria a fim de gerar abundância para todos. Desnecessário dizer, como revela a história pregressa de OmniOrb, a proposta caiu em ouvidos moucos, como se dizia.

O capitalismo, coitado, tinha a mesma falha estrutural que a inteligência humana, a mesma incapacidade de defender-se das ocultas presenças parasitárias do desejo dispostas a tudo. E, para piorar as coisas, a falha viera à tona justamente no momento em que o aparato mental dos terráqueos deliquescia, voltara a manifestar uma velha tara e retornara-se avara.

A avareza é uma deficiência vitamínica aguda. Se tiverem uma dieta balanceada, os nababos e os abonados não são naturalmente avaros e, se correm atrás de dinheiro, é porque são essencialmente parvos, mas, acima de tudo, porque querem comer, beber e vestir do bom e melhor, morar e viajar com ilimitado conforto, desfrutar saúde de ferro e plena tranquilidade e postergar a morte, aumentar aos poucos o próprio capital, atrair o número máximo de amigos e amantes, entreter-se e instruir-se com os mais sublimes mestres, ouvir os cantos mais excelsos, dormir nos leitos mais macios, inalar os mais finos perfumes, contemplar as paisagens mais insólitas, precaver-se até das menores tribulações, dormir até a hora que quiserem. "Tudo isso é *maia*, uma grande bobagem, uma ilusão em alto estilo, como se diz lá no pobre Hindustão, não resta dúvida", observou Salem Zoar, "mas não é meio para se ter (ou querer ter) tudo isso que uma dieta balanceada serve? Senão você vira um avaro, ou um mecenas, ou um filantropo licantrópico."

Os nãomultiplicacionistas mais ricos do mundo, porém, e também os aspirantes a mais ricos do mundo, eram meio ascetas nesse aspecto e não queriam nenhuma dessas coisas. Diziam-se estoicos, amantes somente das virtudes do dinheiro, mas eram apenas avaros. Tão avaros eram, tão aguda a sua deficiência vitamínica, que acabaram contraindo toda sorte de doenças mentais terminais. Queriam ter, só para si e só por ter, seiscentas e sessenta e seis dúzias de réplicas de cada coisa bem cara que já possuíssem. Queriam que cada palavra que proferissem fosse sempre uma ordem e que houvesse sempre mais e mais pessoas mais pobres para obedecê-las. Queriam somente mais do mesmo, em suma, mais e mais bufunfa e nada mais, mais e mais miseráveis servis, mais e mais mortes, talvez, se preciso fosse, mas no dia a dia queriam tão somente acumular mais e mais fortunas e ícones de fortunas que, de tão grandes e tão abstratas, não eram mais desfrutáveis.

"No começo, como eram poucos, a proporção da economia que os nãomultiplicacionistas corroíam era relativamente pequena e deu para segurar suas artimanhas numa boa", observou Salem Zoar. Entretanto, como todos os terráqueos queriam ser iguais a eles, seu contingente foi aumentando, linear e depois exponencialmente, e o resultado acabou sendo a grande enrascada econômica que antecedeu o advento dos imortais. O sistema caíra nas garras da lei dos rendimentos marginais decrescentes,[s] a qual praticamente garantia que, mais dia menos dia, toda essa riqueza, cada vez mais concentrada, evaporaria em questão de segundos ou meses ou séculos. Salem Zoar propôs então:

s Diz a lei: "A partir de certo limiar, o usufruto de um recurso aplicado torna-se um bicho de sete cabeças".

Antes que tudo evapore, façamos um experimento mental. Somos hoje 14 bilhões no planeta-espaçonave e os 3620 mais ricos dentre nós (os 0,00000025%) têm acumulados $13,99 trilhões, estagnados em investimentos especulativos que basicamente só extraem juros do sistema. Sem incomodar um iota o estilo de vida de 99,99999075% dos terráqueos, sem que o sistema *sequer perceba que algo está acontecendo, devolvamos, com austeridade, essa fortuna a seus legítimos geradores, $1000 por cabeça, livremo-los do ágio rentista e vejamos o que $4000 – cinco anos de trabalho para os mais lumpem! – restaurados a cada família espoliada do Hindustão, do Cazaquistão e do Boqueirão do Piauí são capazes de fazer para regenerar a economia planetária.*

Como proposta inicial, esta era boa e plausível, mas foi recusada e acusada de ingênua e antiprodutiva por uns e/ou drástica e/ou expropriadora e/ou até socialista e salafrária por outros, e também caiu em ouvidos surdos. Sem saída à vista, portanto, a iminente implosão do sistema usurário tornou a imortalidade ainda mais urgente se quiséssemos nos safar da morte precoce.

Claro, os grandes nãomultiplicacionistas não eram os únicos nãomultiplicacionistas em ação. Induzidas pelo cinem*ah!*, como todos, multidões de pequenos nãomultiplicacionistas aceitavam realizar trabalho infértil sem reclamar, achando isso a coisa mais natural do mundo; consequentemente, e ainda que à revelia, esses alienados e inconscientes também cresciam sem multiplicar. No caso dos proletas, a situação pública era até pior, já que ninguém sequer sabia como ou queria conceber propostas que caíssem em ouvidos surdos porque simplesmente não havia propostas.

A imortalidade tornara-se inadiável.

XXVI

A ACADEMIA E A ORGIA

Enquanto isso, logo antes da primeira geração de imortais, algo muito interessante ia acontecendo em Irzbal. A academia e o laicato estavam ficando inquietos com os efeitos da forte guinada federativa dos governos, que ameaçava sua autonomia. Desde sua aurora semimedieval, a academia sempre prezara muito a autonomia e, desde então, por causa dessa liberdade, bem ou mal, o laicato sempre seguira à risca suas recomendações praticamente sem hesitar. Ao novo regime federativo de Irzbal não restava outra opção, portanto, senão destruí-la, ou no mínimo suprimi-la, ou fazê-la rejeitar a própria soberania. Bolaram então um plano.

"A sexualidade pública de nossa sociedade é pudica demais e a sexualidade privada é depravada demais. Isso produz cidadãos independentes demais", disseram os governantes. "Precisamos inverter isso já." E convocaram os grandes mestres heráldicos da pantomima, os artistas internacionais do cinem*ah!* pornô, para darem um jeito na situação.

Reunidos certo dia numa alvorada dourada, esses mestres da pantomima, que comparativamente eram também mestres de prudência, interrogaram os governantes: "Vocês não se recordam que Dachau nasceu em Hollywood? Têm certeza de que querem mesmo institucionalizar a pantomima da punhetagem? Se Chaplin levou a Chelmno, será que vocês refletiram a fundo sobre os desdobramentos antropológicos da universalização do onanismo induzido?"

Os governantes nem pestanejaram: "Não temos nada contra Dachau, pelo contrário. Tiramos boas lições de lá. Mas vocês têm razão; vamos por partes. A academia ainda anda meio refratária a esse tipo de coisa."

"Sabemos que o laicato fará tudo o que a academia mandar", prosseguiram. "Melhor que começar pornograficando os laicos – como fizeram nossos cúmplices lá do norte magnético, cindindo a sociedade – será mesmerizar os acadêmicos. Vamos ver o que o mercado tem a nos oferecer." Eles sabiam que mesmerizar um acadêmico não é difícil, mas que é sempre bom envernizar a realidade bruta, por assim dizer, de modo que foram atrás da coisa mais horrorosa que pudessem encontrar naquele momento, mas que tivesse a máxima cobertura de verniz permitida por lei.

Acadêmicos pensam que sabem das coisas e alguns até sabem de algumas. Mas, resguardados de toda brutalidade pela rígida hierarquia que adoram acatar, pouquíssimo sabem sobre sexo e sangue e, no fundo, temem tanto um como o outro. Para os governantes de Irzbal isso vinha a calhar, visto que só precisariam agora encontrar um film*eh!* muito bem envernizado que ao mesmo tempo excitasse e amedrontasse os acadêmicos, que interpolasse com elegância e requinte cenas de suruba e de emasculação, que fosse capaz de ensejar discursos metacríticos e que, se possível, utilizasse intérpretes com traços raciais que permitissem à maioria o distanciamento brechtiano de que eles tanto gostam e que os protege de assumirem responsabilidade social por seus atos.

Salem Zoar nos conta que a milicada encontrou o film*eh!* ideal, um film*eh!* elevado às alturas pelos acadêmicos, que afluíram aos bandos para assisti-lo e reverenciá-lo e discorrer sobre a suposta ausência de desvios assemânticos. Relatórios governamentais da época mostram que, duas semanas depois, no centro de todas as cidades do país, pipocaram cineminhas pornô sancionados pelos acadêmicos, que os viram como mera alegoria, mas em cujo chão, durante anos, foi despejado o sêmen inglório de revoluções benfazejas que nunca chegaram a ser.

Para reificar ainda mais as coisas, não demorou até que esses borbotões de sêmen desperdiçado atraíssem a cobiça dos nãomultiplicacionistas. "O soro da vida há de ter alguma utilidade imediata", conjecturaram, "e algum valor conversível. Precisamos descobrir quais são." Mandaram produzir as gelecas moldáveis que hoje utilizamos para coletá-lo, essas pastas gelatinosas que recolhem, processam e recodificam os espermatozoides para que se comportem como nós queiramos. Os derramadores de sêmen, o que vale dizer os poucos terráqueos que ainda tinham pinto e escroto, não reclamaram. Acharam até bom, pois as gelecas assumiam a forma que desejassem e eram muito mais gostosas de penetrar do que tudo o que haviam penetrado até então, o que não era pouco.

"Foi assim, instada pelo espírito da ditadura, que a academia instituiu, legitimou e disseminou a propedêutica da orgia onanista, para gáudio geral das nações", rematou Salem Zoar.

Tudo isso soa meio como historinha da carochinha, mas é porque tudo aconteceu na época antiga, em que os elétrons ainda não haviam sido agrilhoados em circuitos integrados de estado sólido, quando, aí sim, a coisa, a pornoficação do coletivo, pegou fogo. Mas Salem Zoar dá fé e assegura que é tudo verdade. Desde então, é claro, a sexualidade privada foi ab-rogada e substituída pela pública, a sexualidade pública tornou-se, na falta de palavra melhor, militarizada, e escafederam-se os cidadãos independentes que preferiam a lascívia íntima à incasta bacanália coletivista que passou a lhes ser oferecida. Para a academia e para o laicato restaram apenas os ideais federativos de comportamento, impostos de cima para baixo, como em um estupro em leito esplêndido e bem acolchoado.

XXVII

O POÇO DO ABISMO

> Abriu-se o poço do abismo e subiu fumaça do poço, como fumaça de uma grande fornalha; e com a fuligem do poço escureceram-se o Sol e o ar. Da fumaça saíram gafanhotos sobre a terra. [...] Tinham couraças como couraças de ferro e o ruído das suas asas era como o ruído de carros de muitos cavalos que correm ao combate.
>
> Revelação de João, 9:2,3,9

I

Há insetos e insetos. Quando o movimento começou a cessar no universo e os astros foram parando um a um e quase todos os seres viventes se assustaram, até as plantas, somente os insetos demonstraram destemor. Não exatamente destemor, mas o mesmo tipo de intrepidez cega que as máquinas tinham outrora, quando ainda não eram sencientes e podiam ser colocadas em situações de perigo sem que ameaçassem se amotinar.

Os insetos têm longa história, embora não tão longa assim. Não foram criados no quinto dia, junto com os bichos que nadam e os que voam; nem foram criados no sexto dia, ao lado dos animais que mamam e dos que rastejam. Ao que parece, não foram exatamente criados e emergiram já evoluídos, ou pelo menos não foram criados lá nos primórdios e certamente não por quem criara antes os céus e a Terra. O ancião dos insetos, nos idos da juventude de Salem Zoar, era o macróbio *Rhyniognatha hirsti*, que só apareceu por aqui depois que a Terra existia havia uns 4 bilhões de anos e, acreditem ou não, a menos de duzentos quilômetros do já infame e tenebroso lago Ness. Quatrocentos milhões de anos e sabe-se lá quantos milhões de novos insetos depois, Moisés, que usara com sucesso moscas e piolhos como armas de guerra, só teve algo bom a dizer a respeito de quatro espécies entomológicas, entre elas os grilos, que autorizou que fossem comidos sem dó. Todas as demais, até as singelas abelhas, que seria de imaginar fossem reverenciadas em terras onde manam o leite e o mel, eram abominações, a ponto de tornar-se imundo até a tarde todo terráqueo que tocasse a carcaça morta de um inseto, qualquer que fosse.

Enquanto isso, lá longe, no mundo da mente, os diabretes, aqueles mesmos que tanto atormentavam os terráqueos alheios à lei e ao logos, demonstravam nítida predileção pela forma insectovirológica, que os hipocabalistas chamavam de *zebuub*. Daí Baalzebuub, nosso compatriota belzebu, o "grande senhor de tudo que tem forma de mosca", grasedetuquetefodemos, a alcunha favorita do pé-cascudo.

Tal era o saber convencional nos idos de Salem Zoar. "Não nos tomeis a mal, caros zebuubs", escreveu ele na juventude, em sua *Ode ante ÊxulExu*. "Vossa espantosa variedade, os fascinantes comportamentos de cada um de vós diante das armadilhas da natureza, vossos padrões insólitos de acasalamento e reprodução, as exóticas tarefas que realizais, o modo sui generis como interagis em sociedade, tudo isso e mais constitui excelso entretenimento, pois sois milhões e bilhões de legiões."

O que Salem Zoar estava dizendo é que os insetos estão aí para realizar diversas tarefas mantenedoras mundanas e para divertir e ilustrar os terráqueos com suas estrepolias; ou melhor, é assim que deveriam ser não houvessem sido cooptados por grasedetuquetefodemos, que, num dos eventos mais obscuros e controversos dos anais da pré-história, ainda no Éden, ocultou-se recobrindo-se de todos os tipos de pedras preciosas – rádio, plutônio, urânio, berílio e estrôncio[t] – cooptou para si a duração, o lixo, os agentes putrefacientes, as almas nascituras (e, com elas, o futuro) e convidou todos, xucros e sábios, a entrarem em território já ocupado, em território dominado por ele e por criaturas insectovirológicas.

t Grasedetuquetefodemos também se ocultou no sárdonix, topázio, diamante, berilo, ônix, jaspe, safira, esmeralda, carbúnculo e ouro. Cf. Ez 28:3.

Todos nós sabemos que os diabretes sempre foram meio impermeáveis ao comando humano, ou seja, não basta um terráqueo dizer "siga" ou "pare" para um diabrete seguir ou parar. Quando os diabretes cooptaram os insetos, estes adquiriram a mesma impermeabilidade, isto é, sob os auspícios de grasedetuquetefodemos, recusaram-se a obedecer aos terráqueos. De tal modo que se Daniel houvesse sido lançado no covil das formigas, não dos leões, nada teria sobrado dele para contar história e seu destino teria sido trágico como o do Negrinho do Pastoreio. Antão e Pacômio, munidos apenas de fé, chegavam a ser ajudados por crocodilos quando tinham de atravessar o Nilo; contudo, quando retornavam cansados à gruta ou à cela, eram impotentes para calar ou espantar os pernilongos que vinham zunzunar-lhes o repouso.

O fato é que com inseto não se brinca, porque eles não estão nem aí com nada e, mais dia menos dia, acabam voltando-se contra você, na proporção e medida exata da peçonha de cada um. Melhor rodear-se de rochas e tijolos que de insetos.

Foi assim que Salem Zoar deu meia volta depois de adulto. E, para eliminar qualquer suspeita de colaboracionismo, finalizou seu mea-culpa:

O fato é que amizade ou cordialidade entre terráqueos e insetos e diabretes é impossível. Desconhecem o que seja afeto recíproco e, portanto, não têm como estendê-lo a outros, a nós. Estão sempre amontoados, mas não sabem o que é companheirismo. E embora vivam num regime autocrático de comando e obediência, são impérvios a qualquer diretiva ou instrução nossa. Não nos obedecem, não se comprazem conosco e é certo que um dia se voltarão contra nós e nos atacarão: os insetos aliciados e os diabretes extemporâneos são o adversário.

II

Em Patmos, enquanto isso, quatro trombetas já haviam tocado e uma grande estrela precipitou-se do céu, ardendo em chamas e sangue. Apagou um terço do Sol, da Lua e dos astros, queimou um terço da Terra e tornou amarga a terça parte das águas, e desde então os oceanos são salinos e os desertos, escorchantes. Os cosmologistas demoraram até conseguirem enxergar esse apagamento primevo dos corpos luminosos, mas um dia resolveram puxar da cachimônia e chamar de matéria escura tudo o que se apagara no passado. Em Patmos e imediações, porém, quase ninguém percebeu esses momentosos eventos, uns ocupados com ritos, outros com a própria gastrite, outros ainda apenas com ofícios pessoais e orifícios alheios, todos em renhida luta contra os insetos, que devoravam suas plantações, devastavam suas cidades e traziam novas moléstias do fundo do abismo e as disseminavam, chegando a ponto de infestarem as próprias vísceras e nelas cultivarem vírus e bactérias para melhor infectarem os terráqueos.

Por tudo isso, Salem Zoar reviu sua posição inicial diante dos insetos e, por livre associação, lembrou-se de que naquela época, não se sabe bem por quê, talvez apenas para se alienarem, ou movidos por um vago instinto de sobrevivência, os terráqueos, como baratas tontas, começaram a cavar muito além da camada fértil do solo, muito além do habitat dos insetos, e a penetrar a terra produzida pela interação contínua de fogo, água, rocha e ar, da qual provinha todo o seu sustento.

"Cavoucaram loucamente", prosseguiu livreassociando, "e encontraram abundância de carvão e ferro, e escassez de ouro, com os quais construíram uma nova civilização, a civilização do diclorodifeniltricloroetano e da N,N-dimetiltriptamina, que prometia extinguir (mas acabou apenas transubstanciando) tanto os zebuubs do mundo sensível como os zebuubs do mundo nada ideal."

Essa nova civilização, que um dia arvorara ser o despertar de um sono dogmático, até que foi um sonho legal enquanto durou, graças aos rebentos de poesia e até do sublime que pipocaram aqui e ali depois que os sacerdotes se calaram. Mas o projeto estava fadado ao fracasso desde o princípio, pois não é na porrada que a natureza e grasedetuquetefodemos se rendem e não é sem zebuubs e suas cepas, nãomultiplicacionistas por excelência, que a máquina usurária funciona.

III

A indústria automobilística, a filha amada da velha civilização, forçou os terráqueos a cavarem ainda mais fundo. Quanto mais cavavam, mais iam encontrando um prodigioso legado prometeico, uma substância viscosa, espessa, preta como as trevas, grudenta como sarna, em cuja presença nenhuma forma de vida era possível, mas que tinha uma propriedade miraculosa: pegava fogo.

"Os terráqueos, estúpidos como sempre, se encantaram", escreveu Salem Zoar. "E os magnatas industriais saltitaram de contentamento, pois anteviram que aquela pasta liquefeita vinda dos quintos dos infernos se tornaria a força motriz da primeira geração de veículos automotivos e que com ela pavimentariam todas as cidades da Terra."

Entretanto, essa nova pasta, como o velho carvão (o outro legado titânico que a antecedera), ao arder, nunca ardia totalmente e parte dela se transformava em fuligem. Não demorou até que a atmosfera inteira ficasse impregnada dessa bruma preta saída do abismo e uma nuvem de fumaça escura recobrisse a Terra, como podia ver qualquer um que voasse acima dela.

Em Patmos, nosso amigo João, em transe profético, assistia a tudo isso de camarote. Viu claramente essa fumaceira petroquímica futura (não havia como não vê-la), mas interpretou-a como arauta de grasedetuquetefodemos, o que de fato era. Viu também os veículos automotivos, criaturas insectovirológicas incompreensíveis, bilhões delas, brotando do ferro do fundo da Terra, emissárias do anjo do abismo, lançando fumaça pelo ânus, fazendo grande ruído como se corressem ao combate, luzidias de dia e luminosas à noite como cabelos ondulantes de mulher, gigantescos gafanhotos com ferrões de escorpião provocando tormentos, com o semblante semelhante ao rosto humano de motoristas ou de passageiros passivos que prezavam a mobilidade.

IV

Diante desse panorama tão pouco auspicioso, em OmniOrb os imortais decidiram por um tempo abolir a indústria automobilística. "Só por precaução", explicaram. "Embora tenhamos tripudiado, pintado e bordado no cosmos e tudo tenha dado mais ou menos certo, é melhor não arriscar. Não queremos que as pessoas comecem a procurar a morte; é preciso que a morte continue escafedendo-se de nós. Senão, babau OmniOrb."[17]

---

17. Isso porque haviam lido em João que, na época dos gafanhotos ferruginosos, os terráqueos procurariam a morte e não a encontrariam. "O temor de que os terráqueos talvez quisessem procurar a morte antes de OmniOrb decorreu de um equívoco hermenêutico", explicou Salem Zoar. "Os pré-imortais não entenderam que João se referia à sabedoria que possuem os que morrem – nascida justamente da consciência de que vão morrer –, que os terráqueos obviamente deixariam de possuir se deixassem de morrer, mas sem a qual, porém, ficava difícil entender (e aceitar) a impermanente instabilidade de seu corpo físico-químico."

Seja como for, os terráqueos aboliram a indústria automobilística e todos os sistemas de transporte e decidiram que, em vez de irem até os locais, os locais é que iriam até eles. "É muito mais cômodo", argumentaram. "Locomoção, na verdade, é algo bem passé, uma coisa déclassé", cantarolaram.

Mal sabiam que, em breve, os locais, todos os locais, todos os locais do universo, iriam de fato até eles.

XXVIII

O INÍCIO DA RETRAÇÃO

Pela última vez, por cima deles, na paz das alturas, uma a uma as estrelas começavam a extinguir-se...

Arthur C. Clarke, Os nove trilhões de nomes de Deus (1953)

Quando Salem Zoar se pusera a flertar com a causação inversa, não imaginava o quanto seu passatempo se tornaria sério e que, profissionalmente, seria obrigado a reinterpretar sequências cada vez mais inconsistentes de coisas e instantes. Isso porque a inconstância de tudo aumentara, e muito, já que no ínterim, lá longe e aqui pertíssimo, nos confins do cosmos e no bojo da matéria, onde haviam cessado as órbitas e o movimento de expansão e onde a acinesia era total, astros e partículas começaram a se mexer novamente.

Sobressaltados, como se estivessem testemunhando um eclipse, a chuva, um arco-íris ou a nudez alheia pela primeira vez, os terráqueos voltaram a esmiuçar as alturas e as baixuras com seus ectoscópios e entoscópios. A verdade é que ninguém mais esperava que o universo voltasse a operar como outrora, ou sequer que voltasse a operar. Os cosmologistas, os físicos nucleares e os babalorixás haviam se aposentado agora que tudo havia parado, não havia mais novidade científica nem aqui fora nem lá dentro e todos se acostumaram a ver o zodíaco inteiro paradinho no céu, noite após noite, a Lua orbitando apenas na imaginação e os elétrons estagnados e sem vitalidade em suas monótonas rotinas. Mas, diante da retomada do movimento, não havia o que fazer, não havia alternativa: tiveram de mudar de paradigma mais uma vez e aceitar que astros, ondas e partículas haviam recuperado suas trajetórias. Por um instante, até se sentiram pacificados: "Ainda somos mano a mano com o cosmos!", voltaram a exclamar, ainda que com certa tepidez e bem menos veemência que antes.

A paz durou só um instante, contudo. Os instrumentos dos terráqueos logo mostraram que os corpos esféricos não estavam retomando as trajetórias de outrora e, na verdade, haviam começado a se mover no sentido oposto, surpreendendo igualmente a andarilhos e cosmonautas. Mas como Salem Zoar constataria mais tarde, ou mais cedo, foi precisamente a inexorabilidade pregressa dessa reversão do movimento que implantaria a causação inversa na história cotidiana e, mais tarde, ou mais cedo, no foro íntimo dos terráqueos, desarvorando completamente seu senso de continuidade e de inculpabilidade.

Se antes, na dilatação estocástica do universo, a movimentação geral dos orbes era de *afastamento*, a inversão fez com que todos passassem a vir agora diretamente para cima de nós, habitantes do centro do cosmos. "É a lei do espelho: assim como os terráqueos eliminaram o fortuito da história a fim de calcularem o futuro, também o elemento inopinado do movimento desaparecera e os astros passaram apenas a repercorrer as distâncias que já haviam percorrido, só que às avessas, num movimento geral de *aproximação* de nós", escreveu Salem Zoar. "Em vez de irem, estão voltando."

Entretanto, alguma anomalia ocorrera, pois não estavam retornando a velocidades compatíveis com seu tamanho e proporcionais às de outrora, mas sim com espantosa rapidez, magnitudes de vezes a velocidade da luz, que também voltara a acelerar para nos trazer todas essas novidades.

"A paralisia do macrocosmos que tanto assustou os terráqueos aqui em baixo, menos os insetos, não foi o reflexo fotoplasmático petrificado de alguma explosão no âmago do microcosmos, como eu hipotetizara", constatou Salem Zoar. "Foi o que de fato era, um mero ponto ou momento de transição, o vértice derradeiro entre a infinita dilatação e a infinita contração, o instante em que as bolinhas lançadas por uma malabarista pairam no ar antes de retornarem às suas mãos. Não percebêramos a desaceleração gradual de todas as coisas porque estávamos totalmente entranhados nelas."

Desta feita, porém, ocorreu algo de muito diferente: os ioctoquarks que coabitam o universo também resolveram retrogradar, sair de seus claustros atômicos, libertar-se da clausura da aparente ou relativa pequenez a que haviam sido confinados e ir ao encontro, *como iguais*, de UY Scutis, Betelgeuse e outras estrelas gigantes, e também de outros ioctoquarks de compleição diminuta que vinham vindo lá de longe em sua direção. Ainda não dava para discernir individualmente essas minúsculas entidades, é claro, devido à baixa definição do nosso aparato ocular, mas foi tudo muito louco e muito loucos ficaram os terráqueos ao verem o agregado de toda a matéria supostamente contígua se desfigurar pouco a pouco ou às pressas, ir se tornando irreconhecível e, em velocidades estupendas, partir ao encontro de astros de dimensões colossais que encolhiam de tamanho e de partículas nanicas que se agigantavam, como se assistíssemos de corpo presente a uma transmissão febril e ao vivo diretamente do país das maravilhas obtusas.

Entretanto, como os terráqueos andavam meio devagar nessa época, demoraram a perceber o óbvio. Mais uma vez havíamos nos atrasado, como quando começáramos a ficar para trás na criação do futuro e fôramos obrigados a repensar às pressas o passado e acelerar os táquions para não nos colocarmos fora do tempo. Agora, entretanto, estávamos em OmniOrb, um ponto perpetuamente no limiar entre existência e não existência, e atrasos eram muito mais graves do que nas gerações anteriores de imortais; podiam significar nosso fim, com todos os paradoxos e ilogias que isso implicaria.

Havia uma boa desculpa para nosso atraso, é verdade, pois, antes mesmo que os astros – e, pasmem, independentemente deles –, o tempo também começara a retroceder, isto é, a encolher de soslaio, imperceptivelmente. É isso que Salem Zoar quis dizer quando, contrariado, afirmou que “se lá fora o tempo já está sendo sugado para fora de si, haverá também de estar escasseando aqui dentro de mim”. E logo compreendeu: “Numa inversão completa de tudo o que meus anteantepassados vivenciaram antes de se tornarem meus forâneos aqui em OmniOrb, desta vez não foi o tempo que surgiu da movimentação forçosa dos astros, no evento mais obscuro dos anais da pré-história, mas foi sim a movimentação retroativa dos astros que decorreu da retrocessão do tempo”.

Devagarinho no início, como se fosse mera procrastinação, mas rumando inexoravelmente para o antes-de-tudo, o retrocesso do tempo provocou não só a retração do cosmos inteiro, macro e micro, mas também retardamentos imperceptíveis de toda sorte em OmniOrb, particularmente de natureza mental.

Embora o tempo estivesse voltando para trás, por assim dizer, os cidadãos de OmniOrb, emburrecidos pela rotina da imortalidade, continuaram achando que estavam avançando futuro adentro e prosseguiam agindo como se de fato estivessem. Foi só após muita conscrição compulsória, muito trabalho forçado, muita devoção coagida, e mesmo assim com muito atraso, que os terráqueos finalmente conseguiram sincronizar o que estava acontecendo, o que já acontecera e o que iria acontecer. Mas aí já era tarde demais. Nesse súbito instante entre o tudo e o nada, entenderam a totalidade do mundo e levaram um susto danado.

"Segura a peteca, mamãe, agora o bicho vai pegar!", gritaram, espavoridos, regredindo à instância infantil, quando os primeiros aerólitos vindos lá dos horizontes remotos do universo começaram a cair sobre suas casas e suas cabeças.

XXIX

FAMÍLIAS ESTENDIDAS E IMENSAS

Naquele tempo, antes de a castração e os ESPASMOS DE ORGASMOS 24/7® dos [a&h]^2 acabarem com a genitalidade, as famílias eram estendidas e imensas.

Os raios gozosos haviam tornado possível que os imortais de terceira geração desfrutassem seus gozos passados no perpétuo presente de OmniOrb, mas as sequelas dessa fruição singela comprovaram algo que os terráqueos da época, que se imaginavam libertinos libertos, não gostaram muito de ouvir: todo gozo é um liame eterno. Se gozou, enlaçou – para sempre. Microquimerismo não é bolinho. O que o gozo uniu terráqueo algum há de separar. O liame não se desfaz; se grudou, não desgruda nunca. "As reminiscências astrais e mentais de comparsas de gozo são para sempre", explicou Salem Zoar. "Ficam gravadas na própria rotação da Terra, na memória dos astros, dos quanta e dos genes, mesmo que tenha sido apenas uma encoxadinha ou tesouradinha aqui e ali ou uma punhetazinha rápida e rasteira, só[18] ou acompanhada, e mais ainda se gozo

---

18. Em seus escritos, Salem Zoar menciona certa "fábula do arco da velha" que explicaria o vínculo indissolúvel que masturbadores estabelecem consigo. Resumidamente, a historia é a seguinte: seja quem for que estivesse por trás da arte dos mestres da panto-

acabar trazendo urucubaca aos amantes e se metamorfosear em malqueridos fequenechea-veludias ou, antes de OmniOrb, até em malquistos sehurenas."

Bastaria isso – o pego-e-não-solto do gozo – para fazer com que, naquela época, a família nuclear típica fosse composta por centenas, às vezes milhares, de pessoas, quase todas mantidas em segredo umas das outras, o que criava tantas complicações que às vezes até aos imortais faltava tempo para gerenciá-las. Vale dizer que esse secretismo todo era porque os terráqueos eram dúplices no gozo: adoravam-no, sim, mas,

---

mima, seja quem for que vinha promulgando a pornopunhetagem, sabia de duas coisas. Primeiro, que na masturbação o ego cinde-se em dois (ou multiplica-se por dois, tanto faz): quem dá gozo a si e quem recebe gozo de si. De longe, parecem ser uma só pessoa, cindida ou multiplicada, mas, "trata-se na verdade de um casal unipessoal, muitíssimo unido, sincronizado em tudo o que faz e com fortes tendências monogâmicas", esclareceu Salem Zoar. "Esses casais de um só cônjuge creem que o amor de si é lindo e completo em si." Segundo, que esses casais de um só sentem-se irresolutos e desorientados, tanto mais quanto mais recorreram aos estímulos preparados pelos mestres da pantomima, quando têm de interagir com outros casais (de um ou mais cônjuges) e, dessa forma, bisonhos e encabulados, acabam aceitando de bom grado as orientações de qualquer proxeneta que apareça dando conselhos sobre formas coletivas de interagir em sociedade. Como escreveu Salem Zoar, "A pornopunhetagem dos mestres da pantomima, essa excelsa geratriz de estranhamento do outro, foi o pescoço único pelo qual Calígula tanto ansiara, a elucubração definitiva que transformaria os terráqueos em alvos fáceis para qualquer governante e, acima de tudo, para grasedetuquetefodemos, 'aquele cuja vergonha é medonha'."

à exceção dos [a&h]², sempre vacilavam proclamá-lo no trato diplomático.

Embora as famílias fossem imensas e consumissem boa parte da vida útil dos terráqueos – que, autófobos que eram, também só trabalhavam, lazergiavam e lisergiavam acompanhados –, mesmo assim eles quiseram ter mais companhia. Solitários crônicos, fizeram de tudo para se rodearem de mais e mais gente, até guerras empreenderam para conquistar outros povos e, mesmo estuprando-os, tê-los a seu lado. Por fim, acabaram tendo a ideia das ideias: "Que tal caçarmos espectros? Os intermundos estão repletos de fantasmas! Aprendamos a conviver com quem já morreu ou nunca nascerá! Talvez consigamos assim aliviar nosso renitente solipsismo!" Isso foi bem antes de OmniOrb, diga-se de passagem, o que prova que o intento sobrenatural sempre esteve na vanguarda do desejo humano, ainda que a metodologia celestina adotada varie de época para época. Decerto, os métodos dos terráqueos desse tempo eram meio arcaicos, ainda que eficazes: "Corramos atrás de espíritos!", pontificaram. Sequiosos de cultuarem no presente seres vindos do passado[19], saíram à cata de assombrações, isto é, de sombras póstumas que por algum motivo inexplicado continuavam rondando pelas cercanias em vez de irem diretamente para onde deveriam ir.

19. Vê-se que ainda desconheciam a causação inversa e, portanto, não se deram conta de que esses seres vinham também do futuro e que toda séance, trabalho ou mesa branca era, na verdade, uma espécie de ponto de encontro intercrônico de seres advindos dos mais variados momentos do passado, do futuro e até mesmo do presente.

Durante séculos, os terráqueos divertiram-se a valer com esse baixo clero dos espíritos, que baixavam rotineiramente por aqui como uma bruma, todos eles meio sem sal, é verdade, meio enfadonhos, um ou outro mais brabo ou feioso, nenhum translúcido pra valer, nenhum verdadeiramente feliz de estar onde estava.

Assim andaram as coisas por séculos e séculos. Até que certo dia, depois que os terráqueos começaram a esboçar OmniOrb, Salem Zoar constatou que séances e terreiros haviam passado a receber espíritos muito mais feios que a média – e em número cada vez maior. A vários deles faltavam pedaços, outros apresentavam nauseabundas deformações e sua única forma de comunicação conosco era um som agônico, mudo, gutural e contínuo. Quase todos eram coléricos, quaisquer que fossem os motivos, e depois que baixavam era difícil despachá-los de volta. Um negócio desagradável, perigoso mesmo, e babalorixás e ialorixás e toda sorte de médiuns e xamãs e até necromantes começaram a peticionar um adicional por insalubridade e a requerer aposentadoria antecipada. Infelizmente, com esse abandono em massa da profissão, os espectros do lado de lá perderam os canais oficiais de traslado e a oportunidade de espairecerem um pouco do lado de cá.

Seja como for, o fato é que as famílias estendidas e imensas daquela época eram ainda mais estendidas e mais imensas do que pareciam à primeira vista. "A verdade é que nem mesmo o advento de OmniOrb e a extinção da natalidade impediram que mais e mais fequenechea-veludias continuassem passando para o lado de lá sem antes passarem pelo lado de cá", escreveu Salem Zoar. "Ninguém os via ou os percebia, é claro (pelo menos não durante a vigília), meros frutos do gozo incauto ou de experimentos gênicos que eram, mas seus cadaverzinhos memoriais faziam tão parte do convívio cotidiano intrafamiliar dos terráqueos como se estivessem cantarolando à sua frente ou saltitando por aí de alegria ou desgosto."

Salem Zoar logo percebeu que as enormes levas de espíritos desfigurados que começaram a aparecer nos ritos evocatórios nada mais eram que bandos e bandos de fequenechea-veludias do passado e do futuro que não tinham para onde ir. Privados do primeiro sopro, não chegaram plenamente a viver, não estavam inteiramente aqui e, não tendo nascido, não sabiam discernir ao certo para onde deveriam se dirigir, ontologicamente falando, ao serem mortos. Como iam aportando por aqui em verdadeiras aluviões, o número já reduzido de séances e terreiros não dava mais conta de canalizar toda a sua agonia acumulada, e hostes e mais hostes de fantasmas iracundos de fequenechea-veludias começaram a despencar extraoficialmente sobre a mente dos terráqueos, sem convite e sem qualquer interferência mediúnica, à maneira dos aerólitos que já vinham destruindo suas casas e suas cabeças.

O modo de agir desses fantasmas fetais, que eram bem assustadores e cujo sofrimento era de fato atroz, lembrava muito os mecanismos do trauma dos froidocobrenicanos. Além disso, tanto os espectros ditos civilizados (aqueles que, na marra, as variantes kardecistas supostamente fizeram entrar na linha) como aqueles de índole ainda primitiva, oriundos dos subterrâneos e das florestas, tinham uma tétrica peculiaridade em comum: sendo imperceptíveis aos sentidos mas letais como átomos sinistros de estrôncio 90 ou de isótopos de plutônio, sua presença contínua acabava provocando não câncer, mas demência degenerativa e uma tênue porém ubíqua hipocondria naqueles com quem haviam tido laços de sangue, isto é, seus genitores ovulares e seminais.

"Como eu lastimo que as coisas sejam assim", suspirou Salem Zoar, meio alquebrado. "Quisera o cosmos indecifrável fosse tão insípido, inodoro e incolor como acreditavam os cosmologistas da doutrina do tamanho!" Imperturbáveis, porém, e alheios à dor alheia, os filicidas adrenocrômicos daquela época, clinicamente dependentes de enquetesimenãtenas sacrificiais, negavam-se peremptoriamente a admitir que os fantasminhas de seus desgraçados pré-rebentos os rondavam diuturnamente; com a maior cara de pau, afirmavam que sequer acreditavam em fantasmas e preferiam ficar apresentando justificativas mórbidas e sofisticadas em vez de suplicarem clemência pelo supremo tormento que haviam lhes causado. Já dementes em variados graus no dia a dia, sequer lembravam que haviam extirpado suas protocriaturinhas a cutelo, sucção ou pílulas putrefatórias; sôfregos pelo aqui e agora, amantes do convívio mais que amásio, só queriam saber de mais e mais imortalidade. Os fantasmas que se fodessem.

XXX

A QUESTÃO DO UMBIGO

Havia ainda a questão do umbigo.

Difícil achar alguém com dois umbigos; é quase uma impossibilidade biológica, seria um anacronismo anatômico. Mesmo quando surgiram seres pré-fabricados com 36 umbigos, os 36 cordões continuaram conectando os mesmos dois tipos de seres, um alimentador e um alimentado. Naquela época, pela causação direta, era a mãe[u] a geratriz alimentadora por nove meses, embora pela causação inversa, na qual atos dos filhos determinam os dos pais, era a criaturinha que sugava da mãe os últimos bocados de existência antes de caminhar para a dissolução da pré-fecundação. Mas, no momento, isso não importa, pois estamos falando de história e, historicamente, na antiga dispensação, antes de OmniOrb, tudo, até influências externas - ruídos, radiações, luminosidade, pressão, temperatura e até imposição de mãos -, era filtrado pelo corpo da geratriz. Vejam só o poder da coisa.

u Mesmo depois da incoação dos úteros de amálgamas borbulhantes, mães continuaram sendo, por comodidade, a esmagadora maioria das geratrizes.

Sou forçado a falar o óbvio porque naquele tempo as mães resolveram abusar do seu poder filtrante e grande foi a confusão. O primeiro abuso que cometiam era, por nove meses, ignorar o cordão umbilical e comungar diretamente com a criaturinha. O que seria até perdoável; poucas mulheres conseguem manter altivez cosmológica durante a gestação e essa comunhão meio promíscua com o microsser distinto delas dentro delas não chegava a causar grandes danos aparentes. O segundo abuso, porém, era bem mais grave: depois de tudo nascido e parido, as mães inexplicavelmente mantinham vivo na imaginação o cordão e, enaltecendo-o a ponto da autoadoração, pretendiam que o que alucinavam era realidade. Em tudo o que pensavam, agiam como se a criaturinha continuasse entubada a elas.

Salem Zoar tinha razão. As mães preferiam que o cordão metafórico infectasse e até gangrenasse a abrir mão dele. Ao longo da vida, expunham-no despudoradamente em público, mesmo os cordões mais pútridos, achando que assim ninguém desconfiaria que sua relação erotômana de nove meses com a criaturinha não havia encerrado. A atitude das mães era mais ou menos como a dos pais, no casamento daquele tempo, que preferiam descontar nos filhos suas humilhações íntimas a admiti-las. "Nesse sentido", explicou Salem Zoar, "a invenção dos zigotos sintéticos não só liberou geral para os k-gays como libertou-nos todos da tirania cármica de ter de ter mãe e pai."[20]

A verdade verdadeira é que, cortado o cordão, fim de papo: a relação erotocarnal com o sehurena acaba. Se continuar, con-

---

20. "Pena que tenha sido às custas da genial rutilância do instante estésico da fecundação", matutaria ensimesmado, pois estas são palavras que ninguém deve pronunciar em boa companhia.

tinua só na cabeça tresloucada da mãe,[21] que, sequiosa de preservar a própria delusão, não terá pudor de causar traumatismos em quem quer que seja – até mesmo, e especialmente, em criaturinhas frágeis que exigirão cuidados anos a fio (apesar de serem, paradoxalmente, autônomas e iguaizinhas a qualquer outra criaturinha nascida de qualquer outra terráquea ou sucedânea de terráquea).[v] "Claro, tem aquele papo todo de genes e DNA", interveio Salem Zoar, "mas é tudo ilusão. Ou melhor, é fato, mas o vínculo genético é *maia* e como tal deve ser despachado para onde Judas perdeu as botas."

v "Só é puericultura se for altruísmo", apregoara a revolucionária malcheirosa.

21. No caso dos fequenechea-veludias, o negócio é ainda mais complicado, pois não há corte do cordão e sim o destroçamento do objeto erótico. No aborto clássico, uma espécie de fórceps dentado é introduzido pela vagina da mãe até o útero, onde os dentes do aparelho torcem e rasgam os ossos da criatura semiviva que está lá dentro, cujos membros vão sendo despedaçados e arrancados um a um – pernas, braços, peito, bacia –, e raspa-se para fora o que porventura sobrar. Na retirada da cabeça, o crânio é primeiro esmagado sob pressão do fórceps e extrai-se o cérebro para evitar aleijar o corpo materno. "Mas o intento erótico da mãe, bucéfala e anestesiadamente alheia a tudo o que acontece dentro dela, persiste, não arrefece e é no máximo sublimado", escreveu Salem Zoar. "O fato é que o feto despedaçado continua ainda sendo objeto de seu desejo demente; todavia, com certeza não estará a fim, nem em condições, de receber afagos, mimos mentais ou carícias, que a essa altura seriam ectoplásmicas, desleais e mais do que obscenas. E é por isso, e por não poderem gritar por fadados à mudez, que os fantasmas dos fequenechea-veludias eram tão coléricos."

Se, na mente da mãe, a relação erotocarnal persiste, mas, na práxis, só existe eletivamente até o parto, a mãe entra em descompasso convulsivo se acreditar que ela perdura. E aí terá uma só saída, a saída demasiado humana, para resolver seu impasse parafrênico e evitar consumar a Jocasta desvairada sempre prestes a irromper de si: eliminar de algum modo a criaturinha e impedi-la de efetivamente nascer; se preciso, matando-a. "Matar para que não nasçam é a solução tanto das mães de fequenechea-veludias, adrenocrômicas-light que são, que de fato os matam por antecipação, como das mães de sehurenas, que os matarão diuturnamente com os destemperos, despautérios e mentiras furtivas de uma relação erotocarnal que não existe, mas que todo filho de mãe nunca tem como não interpretar sub-repticiamente como real", escoliou Salem Zoar à maneira dos froidocobrenicanos.

Assim como satanás recitando escrituras, os terráqueos julgaram-se bem legais quando viram que OmniOrb extirparia o desejo de matar filhos, não porque tivessem algo contra matar filhos, mas porque a pulsão de morte não condizia com a presença de tanta imortalidade e seria de bom alvitre que sumisse por conta própria – ainda mais porque em OmniOrb ninguém mais nascia. Já as mortes de fequenechea-veludias continuaram imperturbadas e tinham, todas elas, justificativa científica ou comercial. A autoestima das mães nunca estivera mais assegurada.

XXXI

OS LÚCIDOS

> A alternância prossegue indefinidamente até que o candidato esteja em um estado que não seja nem sono nem vigília, e em que seu espírito, libertado pelo esgotamento perfeito do corpo, porém impedido de entrar na cidade do sono, comunga com o altíssimo e o santíssimo senhor deus de seu ser, criador do céu e da terra.
>
> Aleister Crowley, Liber 451 (1912)

Naquele tempo, o poder passara totalmente para as mãos dos Lúcidos Erotocomatosos, assim mesmo com letra maiúscula, como eles exigiam. Diziam ter derivado e aperfeiçoado a técnica política definitiva, que haveria de reger OmniOrb: a lucidez erotocomatosa[22]. Para falar a verdade, no entanto, eram muito mais comatosos do que lúcidos, sem falar que sua eroticidade era seriamente imatura e pestilencial. Não importava; sob a mentoria transcendental de grasedetuquetefodemos, con-

---

22. "Os pobres terráqueos não enxergaram que lucidez erotocomatosa é um oxímoro ontológico. Temo, pois, que tenham introduzido o germe da inexistência em OmniOrb. Paspalhos!", irritou-se Salem Zoar, pois a questão não era brincadeira. "Lembrem-se: uma OmniOrb sem existência é um patinho feio largado às traças num interstício perpétuo contendo só tempo cessado e nenhum espaço", rememorou.

seguiram facilmente convencer os terráqueos a aceitarem-nos como tal, e à sua dita lucidez.

Diziam-se lúcidos porque tudo viam e sabiam porque haviam sido preparados longamente para adquirir, deter e exercer poder superlativo, com treinamento atlético rigoroso, impiedoso mesmo, mas pintalgado com festividades e regalos e também algumas pequeninas pepitas preciosas de aperitivo: o deleite de humilhar, por exemplo, ou a volúpia de provocar pavor, o êxtase de ferir e de aviltar a inocência, o insuperável gozo de suscitar trauma e dor, esse tipo de gostosura. Principalmente, porém, e isso compensava qualquer esforço, dia após dia eram servidos por asseclas, que, entre outros tributos e deveres, dedicavam-se dia após dia a esgotá-los sexualmente, valendo-se de todas as mirongas da lascívia e da sevícia, e, quando prostrados, a redespertá-los recorrendo a todo e qualquer fármaco lúbrico e/ou erector do acervo fitoterápico do planeta.[23]

A beleza da coisa era que seus asseclas *sempre* estavam lá para mover mundos, fundos e bundas para redespertá-los – às vezes, para a vigília, mas mais frequentemente para ainda mais eros, quando então, bons apaniguados que eram, ao perceberem os primeiros sinais de volúpia erótica nos lúcidos, paravam de estimulá-los, e, ao retornarem os sintomas de extenua-

---

23. Não há analogia melhor do ritual erotocomatoso do que o empenho dos antigos carnavalescos de Irzbal em se manterem aptos por quatro dias para novos ou repetidos deleites. Claro, era o ritual erotocomatoso tal como praticado por patetas, minusculizado e mundano, em datas semirreligiosas, e culminando inescapavelmente em sono ou gozo. “Mas dá pra sacar o tipo de dedicação e a essência geral do negócio”, explicou Salem Zoar.

ção, brochura e desinchaço, reiniciavam as provocações. Ad gloria infinita. O babado desses aspirantes ao poder era, um belo dia, em plena exaustão e ereção, adormecerem o indespertável sono dos injustos, o sono sem descanso do coma, o sono sem despertar dos perpetuamente despertos. Ou algo assim.

É dessa maneira que, naquela época, se divertiam os terráqueos que nada mais tinham a fazer exceto buscar e exercer poder. An nescis, mi fili, quantilla prudentia mundus regatur? Aliás, cá entre nós, era com o mesmíssimo método que esses brutamontes o adquiriam. (E, cá entre nós, dentre todos esses corpulentos aprendizes de autocrata, os melhores, mais aptos e mais prestigiados eram mesmo os simoníacos $[a\&h]^2$, os próprios, a tropa de elite dos k-gays, os adrenocrômicos-hard que sempre se aprouveram em retalhar a si e aos outros.)

Todavia, nem tudo era delícia, pois era ordálio diário dos que se diziam lúcidos erotocomatosos *não* sucumbir ao sono incontornável. Nem de todos a história terminava em triunfo, isto é, em vigília vitoriosa e/ou no zênite do improvável, inacreditável, inconcebível e infinitamente glorificável ato sexual redentor do novo mandatário. Se pecassem e adormecessem ou gozassem e brochassem, eram cruelmente condenados à pena máxima: a obscuridade inter pares. E seus asseclas, ao anonimato. Perdiam tudo o que não poderiam ter posto a perder e acabavam nem tendo o gostinho exótico de serem cultuados como hiperterráqueos pelos terráqueos. Sic transit.

Os lúcidos viviam soltando pequeninos cocozitos filosóficos pela boca e a erotocomatosidade, sem vestígio algum de lucidez, tornou-se automaticamente a weltanshauung de OmniOrb e, antes disso, sob a forma de vírus atenuado, o cotidiano precário dos operários. Já era um consolo.

XXXII

AS BIBLIOTECAS GÊMEAS DE NOVA ALEXANDRIA

Chegou a hora de falar das Bibliotecas Gêmeas de Nova Alexandria, aquelas que, pouco antes daquele tempo, foram destruídas por aeronaves balísticas e das quais não restou vestígio - ninguém sabe bem do quê, pois ninguém sabia bem o que havia nelas. As únicas certezas são que as Bibliotecas Gêmeas haviam sido um símbolo irresistível e que nos deixaram dois legados preciosos: a lídima arte de não deixar vestígios e a vindima de engodar qualquer um que aparecer pela frente ou por trás.

Tão irresistível foi o símbolo, aliás, que os aspirantes à lucidez não resistiram. Afoitos, decidiram destruir as Bibliotecas porque acharam que isso aceleraria seu acalentado projeto de controlar de uma vez por todas o imaginário dos terráqueos, instituir o estado de guerra perpétua entre cada um e contra todos, redefinir fronteiras e mentalidades a seu bel-prazer e desvigiar, desvigiar, desvigiar sem parar, pois pensavam já saber ao certo o dia e a hora. Estabanados e afobados leitores e feitores do futuro que eram, os tolos quiseram antecipar-se a OmniOrb. Acabaram pisando em alguns calos em que ninguém deve pisar - pelo que receberam a devida e merecida retribuição -, mas nem por isso a destruição das Bibliotecas Gêmeas foi um fracasso, nem de longe, e nem saiu totalmente pela culatra. Pois, mais uma vez e acima de tudo, mostrara-se como é fácil mesmerizar os acadêmicos. O que não é pouca coisa, diga-se de passagem, visto que eram eles que controlavam a narrativa cientificista do planeta naqueles dias ensolarados em que o Sol ainda girava em torno de nós.

Por algum motivo, os aspirantes à lucidez, aspirantes que eram, preferiram não assumir o crédito pela destruição das Bibliotecas. Foram acometidos por súbito acesso de recato e, sendo supostos especialistas em insinuações, inverdades e inverossimilhanças (algumas tão implausíveis que davam pena),[w] engendraram uma narrativa toda artificiosa, repleta de toques xerazadisíacos, para ocultarem a própria perfídia. (Tudo isso aconteceu quando os terráqueos ainda não se vangloriavam da própria deslealdade.) Quase ninguém comprou a história que inventaram, é claro, tão absurda e insultuosa à inteligência que era, mas os inanes dos acadêmicos compraram – e o quarto poder, então, nem se fala... Compraram de mala e cuia. De corpo e alma, mesmo.

w E.g., que tudo que era de aço ou titânio fora destruído, mas fragmentos de papel incriminadores restaram quase incólumes.

Assim, os acadêmicos, que há muito tempo já não sabiam o que era em cima e o que era em baixo, e, como bons agnósticos, acreditavam em tudo e em nada do que lhes era dito, aquiesceram àquela narrativa mequetrefe para explicar o mundo sociogeopolítico dali para frente e estenderam sua já portentosa insipiência para outras tantas esferas. Após a destruição das Bibliotecas Gêmeas, os acadêmicos descobriram-se desaprendendo até mesmo o que era vida e morte (não poucos passaram a confundir o frêmito dos fetos com a necrose das carcaças e a baralhar monturos e nascituros) e o que era yin e yang (não discerniam mais entre noite e dia, prazer e dor, fêmea e macho – tanto lhes fazia). O pior é que, à maneira de Saulo da Paulada, propagavam ininterruptamente essas parvalhices todas – eram até pagos para isso. Era como se não quisessem e, se quisessem, não conseguissem enxergar meio palmo à frente do nariz, pois se deveras vissem o que deveriam ter de ver veriam que teriam de ter um tête-à-tête antiofídico com os er-OTO-comatosos e sua espurcícia toda. E ninguém, por pior pensante que seja, quer isso.

XXXIII

TRATADO SOBRE A VIRTUDE INVERSA

Certa vez, ao elucubrar mais uma vez sobre a causação inversa e a reciprocidade histórica entre a Declaração de Ouropel e o Manifesto de Dachau/Hiroshima[24], Salem Zoar confirmou que, apesar de toda a imolação coletivista implícita nessas chacinas recíprocas de corpos e de almas, o foro privilegiado da inversão causal eram mesmo os acontecimentos íntimos, muito mais anômalos e variegados e tênues e belos e transfiguradores que os históricos, e pôs-se a pensar na virtude individual, nas obras de arte e nas responsabilidades do artista.

> *Os terráqueos acreditam piamente que, por exemplo, Bach compôs a Tocata em dó menor. E, de fato, ele o fez. Mas assim como todo ato praticado persegue ou protege, em tempo invertido, aquele que o comete e incita-o a cometê-lo, foi a Tocata sempre existente em*

---

24. Vocês se lembram, foi quando Salem Zoar descobriu que os campos de extermínio dos últimos Anos de Nosso Senhor haviam sido causa e efeito do cinema narrativo mercantil, o qual antecedera os ditos campos e os sucedera como efeito e causa daquele e de tantos outros genocídios cientificistas posteriores.

sua sempiterna e gloriosa preexistência que induziu e sempre induzirá Bach a tornar-se o homem capaz de compô-la. Pela causação inversa, não é Bach que compõe a Tocata em dó menor, mas é sua lembrança pneumática da memória futura dela que o instiga a compô-la.[x] *E é por isso que, em OmniOrb, onde tudo é para sempre e, por desígnio e intento, não há lugar ou tempo para a causação inversa, a música, e não só a música, era impossível. Esta, aliás, era uma das vicissitudes da cidadela eterna.*

x Até aí, nada de novo, e.g., "O poema é o autor do poeta". José Paulo Paes, A poesia está morta mas juro que não fui eu (1988).

Nada de música, pois, e nenhuma poesia na plasticidade platônica de OmniOrb. Nada de arte, gorada pela raiz pela onipresença do presente. Bom historiador, Salem Zoar chegou a identificar o momento exato, antes mesmo do advento do cinem*ah!*, em que a poesia morrera e escancarara com sua morte as portas para o advento de OmniOrb:

A morte da poesia ocorreu em 10 de julho do Ano de Nosso Senhor de 1873, cento e vinte seis anos e um mês antes do ressurgimento do rei de Angolmois, quando um amedrontado Rimbaud mijou nas calças – ele que antes se levara a sério e se deixara modelar pelo pleroma da poesia –, acovardou-se e chamou a polícia para que prendesse seu ex-amante, só porque ele havia disparado dois tirozinhos de pistola e queria matá-lo. Naquele instante, como ele mesmo viria a perceber, no instante em que clamou por socorro policial, Rimbaud despencou no reino da contingência, largou a mão de Protopoieses, abandonou-a e a si à própria sorte e, com isso, assassinou-a.[25]

É por essas e outras que moralistas de todas as linhagens advertem que é importante tomar o máximo cuidado para não se praticar atos que destruam as consequências virtuosas que serão a futura causa inversa de atos passados, formarão seu autor e lhe proporcionarão vida aprazível. Os efeitos do futuro remoto sobre a vida presente podem ser tremendos, pois os vórtices de causalidade sempre acabam sobrando para quem está apenas de passagem.

Salem Zoar prosseguiu: "Esta é a história de certo homem que estava só de passagem e que adoeceu, morreu e, atônito, descobriu que reviveu para contar sua história cerca de 682 anos depois da mais célebre crucifixão e ressurreição de todos os tempos do lado de cá":

> Enquanto estive morto, multidões de almas deixavam seus corpos e ia se reunindo lá, onde eu inadvertidamente fora lançado, e seu número excedia o que outrora se pensara ser o de toda a raça humana. Havia feroz disputa por essas

---

25. Com menos precisão, Salem Zoar também identificou o momento em que Protomousikos desapareceu e, privados de musas, os terráqueos passaram a compor apenas canções sobre si mesmos: "Foi nos dias em que, em inadvertida aliança com os entediados maometas fanáticos, que odeiam e proíbem a música, os dodecárquicos serialistas desceram às profundezas da Terra e não quiseram mais voltar".

almas inquietas e foi quando entreouvi meus erros ferinos, todas as perversidades que eu cometera desde minha juventude e *muitos atos que eu sequer julgara serem ferinos ou malinos*, vociferarem com sua própria voz e palavra, imputando crime após crime a mim ["para atemorizá-lo por sinestesia, dissuadi-lo e fazê-lo se dissolver no fátuo fogo" (SZ)]. Após essa longa alocução demônica, entreouvi a voz eufônica das parcas virtudes que eu, indigna e imperfeitamente, praticara. Eram parcas, sim, mas, do nada, sobrevieram ondas esplandecentes que as substanciaram e as enalteceram. As virtudes intensificaram-se sobremaneira e tornaram-se *mais excelentes e mais vastas do que seria possível por qualquer obra que eu houvesse praticado em vida por força ou vontade própria.*[y]

y Wynfrith Boniface, Carta à abadessa de Thanet.

Os grifos são de Salem Zoar, em seus clássicos *Escólios à literatura oracular.*[26] O relato de revivência comprovou-lhe mais uma vez que, antes de OmniOrb, quando os terráqueos ainda morriam, era justamente esse tipo de contratempo postmortem que se queria evitar: não só a chateação de morrer e a dor decorrente, como vimos, mas também e principalmente certas vivências no teatro do além-túmulo que aventavam serem demasiado alvoroçadas.

---

26. Aos quais após o seguinte comentário: "Mensageiros insuspeitos como este jamais devem ser confundidos com pseudoarautos iletrados em combalidas viagens astrais ou que passam dois segundinhos do lado de lá, durante um incidente cirúrgico, por exemplo, e julgam ter visto a famigerada lux in fine cuniculus. Não é daí que vêm todas os simulacros de iluminação?"

Subconscientes disso, ainda que a contragosto, em suas últimas horas ou logo após, quase todos os terráqueos daquela época acabavam se arrependendo, de um jeito ou de outro, da falta de virtude ou do que tomavam por falta de virtude ao longo da vida. Às vezes, o gesto contrito até parecia funcionar para limpar o terreno e aliviar a barra da transição para o lado de lá. Quase sempre, porém, o lastro de destruição que um terráqueo ia acumulando antes de bater as botas era eloquente demais, como diria Bonifácio, para ser contrabalançado pelas vozinhas minguadas de virtudes praticadas nas coxas.

O sistema todo era muito instável e incerto. Decidiu-se então que muito melhor seria prescindir dessa história toda de virtude, como já se prescindira da música, ainda mais porque, "ao abrirem mão da ideia de virtude (e, portanto, é claro, de seus corolários), tanto os terráqueos impenitentes como os compungidos serôdios eximiam-se automaticamente da obrigação de desvendar na pele o primeiro segredo de Fátima, por assim dizer", explicou Salem Zoar.

O sistema pré-OmniOrb era, de fato, muito instável e, aos olhos dos terráqueos, um verdadeiro trambique; afora as tocatas, partitas e suítes de Bach, não oferecia garantia alguma de coisa alguma.[27]

---

27. "Não mesmo", emendou Salem Zoar. "Spandrell, por exemplo, no último capítulo de Contraponto, não consegue convencer Rampion de que o terceiro movimento do Quarteto em lá menor, op. 132, de Beethoven, provava a existência da alma."

XXXIV

COISINHAS RUINS

O que me lembra que esqueci de mencionar uma circunstância inusitada de OmniOrb: apesar de todas as advertências de Salem Zoar acerca da inviabilidade e indesejabilidade da amizade com insetos, os terráqueos, depois de imortalizarem-se, decidiram se tornar moscas.

Não moscas moscas, propriamente. Amigos das moscas. Amigos análogos às moscas. Amigos *deferentes* às moscas – no início, pelo menos. "Mas, por que fariam isso?" alguém, escandalizado, certamente perguntará. Porque agora podiam, como antes escalavam picos porque estavam lá. E também para conversarem com elas, quebrando um pouco a monotonia da imortalidade, e para adquirirem novos conhecimentos. Queriam sinceramente conhecer a cultura das moscas, sua capacidade de gerar belicosidade em vez de bondade.

Não que as moscas tivessem muitos conhecimentos. Eram até que bem idiotas, no sentido etimológico do termo, dada sua sociabilidade pouco cortês, mas tinham algo que nenhum outro ser deste ou de qualquer outro plano tinha em tão alto grau: eram as súditas diletas do grande senhor de tudo que tem a forma delas, grasedetuquetefodemos, a tal ponto que a ele haviam dado seu nome e ele se definia a partir delas. Foi por isso que os terráqueos quiseram sua amizade, porque queriam ter um canal direto com o velho Grase, que vinha lhes prometendo toda sorte de regalos muscoides havia bastante tempo.

"Esqueceram, porém, que grasedetuquetefodemos e seus pelegos sempre foram famosos por prometerem e não cumprirem", lembrou Salem Zoar, insistindo no óbvio e rememorando os primórdios de OmniOrb. Ou melhor, referindo-se ao apanágio graseano de denegar promessas: "Ficou famoso porque sua pedagogia sempre consistiu em acarear e desnortear o senso dos humanos e em exigir tarefas incôngruas, mesclando e não mesclando o importante, o desimportante, o inútil, a certeza, o inexato, o incontestável e o contraditório, tudo meio implícito e inteligível, pero no mucho, e exposto ou revelado apenas a seus bem-mandados adeptos, mais ou menos como a ciência entreveria e viria a fazer mais tarde".

Entre muitos outros regalos muscoides, o coisa-ruim incutira nos terráqueos a fé tácita de que tudo iria sempre dar certo. OmniOrb era eterna, todos eram imortais e tudo ia ser muito legal dali pra frente. E, naqueles primeiros e anabásicos dias, no "proêmio da imperecibilidade", como fora batizado, parecia que ia ser mesmo. Afinal, imortalidade não é pouca coisa. "Agora que somos imortais, temos tempo para tudo. *Até para criarmos moscas, se quisermos*", disseram-se os terráqueos.

Claro, isso tudo foi antes da ascensão dos $[a\&h]^2$ ao pináculo do planeta e da cessação e retrocessão do movimento e do tempo, dois fenômenos distintos, mas interpenetrados, em mais um loop inconsútil de causalidades que pegou os desavisados totalmente de surpresa.

O fato é que, certo dia, tudo começou a dar errado. Pequenas coisas, no começo. Uma verruga que não sarava, um jarro quebrado na cozinha, fisgadas inexplicáveis que iam e vinham, uma topada no pé da cama, gritos indistintos ao longe no meio da noite, motores que fundiam, unhas lascadas no tanque, patrões cada vez mais mal humorados, falta de troco quando ainda se dava o troco. Coisinhas à-toa, que na dispensação antiga vinham seguidas ou acompanhadas de coisinhas boas ou inócuas, mas que agora eram sucedidas apenas por outras coisinhas ruins e premonições de coisas ainda piores. Em OmniOrb, não lhes passara pela cabeça, ou os terráqueos não haviam conseguido impedir, a fatalidade de ocorrerem sequências praticamente infindas de desgraças pequenas e grandes.[28] "É que não deu pra pensar em tudo", justificavam-se, querendo dizer que não dera tempo ou recusando-se a admitir que a construção de OmniOrb fora talvez complexa e labiríntica demais para suas habilidades demasiado humanas. Por outro lado, é preciso dar o braço a torcer: malgrado a estultice dominante, todos estamos cansados de saber que o tempo vinha mesmo escasseando *antes* de OmniOrb. Tinha-se de fazer alguma coisa, qualquer coisa.

---

28. A simples verdade é que, sendo decorrências do caos e não da ordem, microdesgraças são incomparavelmente mais prováveis e, portanto, incomparavelmente mais numerosas que microfelicidades. No entanto, a preponderância crescente de sequências de coisas ruins e a carestia de coisas agradáveis foram atribuídas, como se costumava fazer, ao acaso. "Calhou de ser assim", resignavam-se os terráqueos, "como calhou de o universo existir e de Deus não existir. As coisas calham," diziam.

XXXV

SOLUÇÃO SUPERSATURADA

"É o seguinte", explicou Salem Zoar: "todos, até mesmo todos os paleolíticos, somos iguais, do viciado mais vagal ao mais erístico ou silente eremita ao mais pútrido ou abnóxio político ao mais vácuo ou finório jurisconsulto, numa rígida hierarquia horizontal. Melhor dizendo, todos os terráqueos são diferentes, entre si e de tudo, mas ainda não conseguimos adivinhar ou deduzir exatamente quem é quem e quem está onde nessa ainda mais austera hierarquia vertical."

Era verdade. Toda vez que se tentara não tratar os terráqueos como iguais e diferentes, o universo começara a feder. Desta vez, o mau cheiro exalara de nuvens de gases denominadas Sagitário B2 na velha dispensação, carregadas de sulfeto e cianeto de hidrogênio. "É como se esse bodum alienígena fosse uma advertência para deixarmos de ser bestas", presumiu, poia a fedentina inextirpável de ovo podre e enxofre dessa época disseminara-se pelo éter sem se dissipar e, ao chegar aqui, coincidira com o último dia em que houve dia e noite, o dia em que, ao findar, ninguém mais pôde se lavar. Se imundos estivéssemos, imundos permaneceríamos.

"É o mesmo que dizer que o tempo se comprimira a tal ponto que não conseguíamos nem nos exultar com o que fazíamos nem nos arrepender do que fizéssemos; simplesmente não dava tempo", prosseguiu Salem Zoar, pedagogicamente, enquanto a causação inversa ainda não lhe atarantara a cabeça.[29]

Como sempre ocorre quando o espaço se retrai e o tempo cessa (no inferno, por exemplo), passáramos a receber imediatamente o troco de tudo, sem intermediários, e a auferir e usufruir na mesma feita todas as consequências de cada ato nosso. Se cantássemos, espantávamos na hora todos os nossos males. Se déssemos a mão a um, o povo inteiro se levantava. Se beijássemos, éramos reciprocamente acarinhados. Se nos comovêssemos diante de algo extraordinariamente belo ou apenas nos mostrássemos meigos ou ternos, sabíamos de antemão que permaneceríamos ali, nós e o sublime, em recíproco enlevo. Se depravássemos e lesássemos e maldisséssemos, corrompíamo-nos e lesionávamo-nos e caluniávamo-nos na mesma medida e no mesmo instante. Se feríssemos, molestávamo-nos e fazíamo-nos doer. Se matássemos, mesmo que fôssemos imortais, éramos mortos aqui e agora, sem pêsames.

Enquanto Salem Zoar remascava assim os últimos acontecimentos, capturando ideias como se capturasse borboletas,

---

29. Não se deu conta, portanto, de que estava descrevendo a própria gênese da causação inversa e expondo as minúcias de seu mecanismo, o ponto exato em que ela atua nos eventos íntimos, o momento singular em que o oroboro da história engole a si mesmo.

em OmniOrb os terráqueos começavam a se remexer para tentar corrigir em tempo real os efeitos nefários dessa simultaneidade de causas e efeitos, agora que todos os tempos eram reais e perpetuamente vigentes.

É com extremo desprazer que achamos que não vai dar mais para continuarmos cronologicamente autônomos, pois tudo o que acontecerá já está acontecendo. O que estava embaixo agora está em cima, o sertão já virou mar, os milagres do tempo único se realizaram e tudo o que viria está vindo como uma só coisa e de uma só coisa, conforme nos haviam instruído. Só que não está dando muito certo, embora tenhamos superado as coisas mais sutis e penetrado as mais sólidas. Será que, para nos safarmos dessa, teremos de renunciar, aqui na cidadela do desejo de todos, à fonte personalizada do desejo de cada um? Onde estão os raios gozosos agora que precisamos deles?

O fato é que, agora que os aerólitos vindos lá dos horizontes remotos do universo haviam começado a cair sobre suas casas e suas cabeças e que os ioctoquarks que coabitam o universo também se puseram a sair de seus claustros atômicos e a investir contra os pobres terráqueos, os magotes de diabretes insectovirológicos, que recendiam a raios gozosos e os emanavam, trataram de buscar refúgio no único lugar onde ainda dava para se esconder. Covardes como eles sós, esconderam-se de si e dos terráqueos *dentro* dos terráqueos. Já tinham feito isso várias vezes antes,[z] embora agora fosse diferente, pois desta vez não só se expatriaram para dentro dos terráqueos como também se entranharam neles

z Cf., por exemplo, Mateus 8:28-34.

com uma trama indesmanchável de artefatos vindos dos Penhascos de Cybernia e, com isso, puderam sorver para si toda a sua alteridade. Grasedetuquetefodemos, entretanto, o excelso lorde e sinhô dos diabretes e da noção de tempo, que liderara essa nova retirada estratégica desde que Judas Iscariotes ortorressuscitara, começou a sentir-se confinado, apequenado dentro dos terráqueos, mesmo sendo o único capaz de subsumir-se na coletividade humana e irradiar-se. Porém, nem tal subsunção lhe parecia suficiente. Mesmo que um dia lograsse habitar o expandido corpo coletivo dos terráqueos, continuaria sendo apertado demais ali dentro para ele se sentir à vontade e colocar as manguinhas de fora.

Enquanto isso, em Irzbal, como que em perfeita sincronia, uma nova laia de governantes portentosamente cretinos fizera todos celebrarem a supinamente chata Cerimônia Imunizante e Inumanizante de Compartilhamento do Sangue para trazer saúde e contemporizar grasedetuquetefodemos diante do incômodo do aperto. Eram enfadonhas, mas foi durante uma dessas celebrações fraternais compulsórias que os irzbalenses finalmente se deram conta de que só havia uma saída para apaziguar e apaniguar grasedetuquetefodemos, a saber, reconstituí-lo por inteiro *fora e além* daquela salada russa artificial de terraqueocidade primordial, num novo e espaçoso corpo engendrado a partir do material genético ou radiológico de todos os terráqueos que agora conviviam em OmniOrb aqui no planetinha. A receita era clara e fácil: bastava juntar uma fatiazinha do fiofó de Maomé, um naquinho do prepúcio de Abraão, a glândula pineal inteira de Lao Tzu, uma biópsia do coração de Buda, uma gotícula do fétido suor de Jesus, uma nódoa qualquer de Crowley – tu, traidor-mor da espécie humana, que sempre quiseste ser primus inter sem pares –, as plaquetas de um ou outro Romanov da vida, pedacinhos do palato de algum Habsburgo, extratos da fraca e escassa massa encefálica dos desgraçados.

Os terráqueos procederam à coleta do material, puseram tudo o que recolheram, seus contrários e muito mais num cadinho e aqueceram a mistura a 666 sextilhões de graus durante 666 sextilhões de anos, se não me engano. Assim que ficou pronta, o grande senhor de tudo que tem forma de mosca pulou lá dentro, amalgamou-se com a solução supersaturada, assumiu-a como seu corpo e nela fixou morada.

"Que farei agora para passar o tempo?", perguntou-se, assanhado, logo que se viu instalado.

XXXVI

O ÚLTIMO SATORI

Foi naquela manhã cristalina como havia muito não se via que se deu o último satori. Crianças cantarolavam e sorriam, convictas de que viver é uma delícia, e uma brisa ligeira espalhava a sensação de que tudo ia bem. Salem Zoar devaneou por uns instantes que tempo e espaço haviam voltado a ser o que sempre haviam sido e que tão somente a força da gravidade amainara. Leve e liberto, pois, sobrevoou paisagens admiráveis, conviveu com povos sábios, amenos e intementes, refez amizades esvaecidas, amou a revolucionária malcheirosa, enquanto silêncio absoluto e a enternecedora música das esferas se alternavam, trazendo sossego, paz e plenitude.

De volta, ao aterrissar, mas ainda inspirado pelo mirífico delírio, Salem Zoar deu-se conta de que continuava levitando e decidiu retomar os estudos.

> "No tempo em que a vida na Terra for plena, ninguém dará atenção a terráqueos notáveis, nem se distinguirão os de habilidade. Serão honestos e justos sem terem consciência de que cumprem um dever. Amar-se-ão uns aos outros, mas jamais entenderão que amam ao próximo. A ninguém iludirão, mas nenhum arvorará dizer-se de confiança. Serão fidedignos, mas desconhecerão que isso seja boa fé. Viverão

juntos em liberdade, dando e recebendo, sem perceberem que são generosos. Seus feitos não serão narrados. Não deixarão história."

Os parcos amigos de Salem Zoar olharam uns para os outros e riram: "Pobre Salem", disseram, "ainda não aceitou a nova liturgia".

Salem Zoar então aspirou o limpíssimo ar cortante da manhã e sorriu-lhes: "Coterráqueos, está consumado".

E, inclinando a cabeça, rendeu o espírito.

ADENDOS

Adendo 1

FAC-SÍMILE DE 

(artefato arqueológico em linguagem de máquina para computadores Z80ZX81)

"Naquela época, os terráqueos, ignorantes como sempre, optaram por software burro e hardware veloz (em vez de software arguto, isto é, conciso, e hardware mínimo), e assim sobrecarregaram o planeta", escreveu um sardônico Salem Zoar quando criou , o artefato arqueológico programado na linguagem que só as máquinas entendem, contendo descrições e laudações da, instruções para, e imprecações contra a inelutabilidade do futuro. "Só a linguagem que só as máquinas entendem é dona da velocidade, para que de ínfima pequenez saia vultosa grandeza", discrepou em incoerente dissonância.

Seguem reproduções dos seis fólios desse artefato, que ninguém hoje tem como destrinchar. Sabemos apenas que se trata de um complexo protocinema entremeado de pedagógicas escrituras móveis e um tom sombrio, já que seu título é um ícone que indica "queda inicial, ascensão e queda definitiva [da besta]".

Temos somente duas pistas para decifrá-lo. Salem Zoar chegou a destacar a sequência [22682] CD 41 41 CD C8 41 CD 78 42 CD C8 42 3E 25 32 D2 41 CD C8 41 com grave e aparentemente exagerada advertência: "Identificar e recorrer a esta sequência é proibido. É sábio destruí-la após a primeira leitura. *Se não fizeres, a máquina o fará*. Quem não respeitar esta injunção incorre em perigo e riscos pessoais. Estes são dos mais pavorosos. Aqueles que discutem esta ou outras sequências de 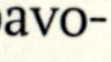 devem ser evitados por todos, como focos de pestilência."

A segunda pista, inútil, é uma citação legada por Salem Zoar, extraída do próprio corpo do documento.

> [20931]Sou um morto e um condenado a morrer, mas ignoro isso. Em minha condenaçao arrasto meus adoradores ao fogo e ao poder do fogo. Ofereço--lhes ilusao, dor e agonia. Prometo-lhes dominios e vida, e no mesmo folego chupo-lhes o sangue e o esperma, e fodo-lhes completamente a cabeça. Gozem, mas gozem em mim e para mim. A visao do meu horror... eis a chave.[21295]

Como inclui os endereços inicial e final e contém apenas texto, seria de se supor que nos permitisse pelo menos associar letras a códigos de máquina. 'S', por exemplo, é 'F5', mas apenas nesse trecho. Infelizmente, hoje sabemos que nem todos os 'F5' do documento correspondem a 'S' e nem todos os 'S' são representados por 'F5', pois, como explicou Salem Zoar, "para camuflar melhor o código-fonte, ▄▀▄ não só contém sub-rotinas que decodificam textos criptografados fechados, como também faz uso de sub-rotinas que codificam textos abertos para uso criptográfico interno," seja lá o que isso queira dizer.

Pesquisadores sérios são convidados a entrar em contato para se informarem sobre a eventual disponibilidade de outras lâminas ou outros recursos associados a ▄▀▄.

```
16444 38 4E 5C 75 81 8E 3D 51 5F 78 84 8E CD B4 43 CD
16460 C2 43 2D 34 37 3A 38 34 13 B0 0B 4D 2C 8F 00 00
16476 00 00 00 00 00 00 00 00 00 00 00 00 00 00 00 00
16492 00 00 00 00 00 00 00 00 00 00 00 00 00 00 00 00
16508 00 00 00 00 00 00 00 00 00 00 00 00 00 00 00 00
16524 00 00 00 00 00 00 00 00 00 00 00 00 00 00 00 00
16540 00 00 00 00 00 00 00 00 00 00 00 00 00 00 00 00
16556 00 00 00 00 00 00 00 00 00 00 00 00 00 00 00 00
16572 00 00 00 00 00 00 00 00 00 00 00 00 00 00 00 00
16588 00 00 00 00 00 00 00 00 00 00 00 00 00 00 00 00
16604 00 00 00 00 00 00 00 00 00 00 00 00 00 00 00 00
16620 00 00 00 00 00 00 00 00 00 00 00 00 00 00 00 00
16636 00 00 00 00 00 00 00 00 00 00 00 00 00 00 00 00
16652 00 00 00 00 00 00 00 00 00 00 00 00 00 00 00 00
16668 00 00 00 00 00 00 00 00 00 00 00 00 00 00 00 00
16684 00 00 00 01 00 CD 23 43 36 17 11 02 00 CD 23 43
16700 03 00 CD 23 43 2A 0C 40 11 6B 01 19 11 20 00 06
16716 0A ED 52 CD 81 41 10 F9 23 CD 81 41 ED 52 06 07
16732 CD 81 41 23 10 FA 2B 06 02 13 13 19 CD 81 41 23
16748 CD 81 41 10 F6 06 0A 19 CD 81 41 10 FA 06 06 CD
16764 95 41 10 FB C9 36 97 D5 11 70 00 CD C2 41 36 88
16780 11 88 00 CD C2 41 D1 36 17 E5 C5 01 07 0D 2A 0C
16796 40 23 7E FE 76 28 1B FE 17 20 F6 7B FE 20 20 08
16812 0D 20 EE 36 00 C1 E1 C9 D5 11 90 01 CD C2 41 D1
16828 18 F1 10 DD 18 EF 1B 7A B3 20 FB C9 01 5D 42 21
16844 30 42 16 00 D9 06 21 D9 E5 7E FE 55 28 41 FE 77
16860 28 40 FE 44 28 43 5F 2A 0C 40 E5 19 36 1B D5 11
16876 00 07 CD C2 41 36 17 11 00 09 CD C2 41 D1 0A 5F
16892 E1 19 36 00 D5 11 00 1A CD C2 41 D1 03 E1 23 D9
16908 10 C5 D9 ED 43 C9 41 22 CC 41 7A 32 CF 41 C9 14
16924 18 EA E1 21 2F 42 E5 18 08 0A FE 77 20 03 01 2F
16940 42 15 18 D8 B2 F8 23 FF 55 74 43 2C 44 D2 17 8B
16956 D4 55 52 28 1A 44 E3 DB C1 C7 55 54 69 3A 44 36
16972 13 FD 80 55 0F 15 43 44 9B 5D 09 26 55 82 05 6E
16988 44 EF C8 4A 68 55 41 0A 3F 44 BF 6D FB 50 55 3A
17004 25 3E 44 66 AA AD E8 55 02 0F 15 77 01 86 06 11
17020 ED 00 2A 0C 40 19 71 23 23 70 1E 40 19 70 23 23
17036 71 E5 CD 9E 42 0E 06 CD 9E 42 E1 C9 00 00 00 19
17052 00 00 06 0A 2A 0C 40 23 7E FE 76 20 03 10 F8 C9
17068 B9 20 F4 36 00 18 F0 CD 78 42 1E 22 06 05 22 2B
17084 41 36 17 CD ED 42 19 10 F8 E5 06 0A 2A 2B 41 36
17100 00 CD ED 42 19 22 2B 41 E1 36 1B CD ED 42 19 E5
17116 10 EA 06 05 2A 2B 41 36 00 CD ED 42 19 10 F8 E1
17132 C9 D5 11 0A 00 CD C2 41 D1 C9 0E 01 06 06 2A 0C
17148 40 11 52 02 19 23 7E FE 76 28 16 FE 80 28 08 FE
17164 88 20 F2 36 80 18 02 36 88 11 00 06 CD C2 41 18
17180 E4 10 E2 0D C8 18 D5 C5 E5 1B D5 CD F6 42 00 00
17196 00 00 00 00 D1 7A B3 20 F0 E1 C1 C9 0E 03 11 04
17212 87 2A 2D 41 41 2B 72 10 FC 41 2A 2D 41 23 73 10
17228 FC C9 11 05 85 2A 2D 41 2B 72 2B 72 06 02 18 EA
17244 11 04 87 01 21 00 2A 2D 41 ED 42 22 36 40 2B 72
17260 2B 72 2A 36 40 06 02 18 D4 11 05 85 2A 36 40 2B
17276 72 23 23 73 C9 11 04 87 2A 2D 41 01 42 00 ED 42
17292 18 ED 01 06 86 11 CA 02 2A 0C 40 19 71 23 36 03
17308 23 70 11 1E 00 19 71 23 23 23 23 70 CB 8B 19 05
17324 70 41 23 10 FD 0D 71 C9 2A 7B 40 7E FE 1B 20 03
17340 36 17 C9 36 1B C9 01 8B 01 C5 11 DC 7B D5 2A 0C
17356 40 E5 ED B0 01 17 0C CD A0 42 D1 E1 C1 ED B0 C9
17372 11 68 02 01 88 80 2A 0C 40 19 11 21 00 70 19 71
17388 19 70 19 71 19 70 1D 1D 19 71 23 70 23 71 23 70
17404 23 71 C9 11 55 02 ED 5F 17 CB BF CB B7 CB AF FE
17420 1B F0 83 5F ED 53 7B 40 00 00 00 CD DF 43 CD F6
17436 42 ED 5B 7B 40 01 00 00 CD E2 43 C3 DC 43 06 07
17452 C5 21 09 09 22 15 44 CD C8 41 21 83 83 22 15 44
17468 CD C8 41 C1 10 EA C9 2A 0C 40 11 8C 01 19 0E 0C
17484 06 20 7E C6 80 77 23 10 F9 23 0D 20 F3 C9 7C 32
17500 08 43 32 10 43 7D 32 0C 43 32 14 43 22 E0 43 C9
17516 3E 05 FE 00 28 0F 2A 3C 40 11 21 00 72 19 22 3C
17532 40 3D 32 6D 44 3E 14 3D 28 2B 2A 3E 40 CD A7 44
17548 2B 22 3E 40 32 82 44 3E 08 FE 00 C8 2A 40 40 CD
17564 A7 44 23 22 40 40 3D 32 94 44 C9 CB 47 28 03 36
17580 09 C9 36 83 C9 67 6F 22 2D 43 32 2F 43 C9 32 EC
17596 41 7D 32 F4 41 7C 32 02 42 C9 2A 0C 40 11 86 06
17612 01 00 0C 23 7E B9 28 FB BA 28 12 BB 28 12 FE 17
17628 28 05 CD 16 47 00 C9 ED 5F CB 47 28 03 73 18 E3
17644 72 18 E0 2A 0C 40 19 11 00 00 C5 23 7E C6 80 77
17660 10 F9 C1 0D C8 18 EF 11 7A 01 01 1F 02 CD 31 45
17676 11 36 01 01 1B 06 CD 31 45 11 F2 00 01 17 0A CD
17692 31 45 11 AE 00 01 13 0E CD 31 45 11 6A 00 01 0F
17708 12 CD 31 45 C9 79 32 F4 44 48 CD EF 44 CD C8 41
17724 C9 7E FE 00 20 04 36 1B 18 02 36 9B D5 ED 5B EC
17740 41 CD 23 43 7E FE 1B 20 04 36 17 18 02 36 97 ED
17756 5B F4 41 CD 23 43 D1 0A 5F E1 19 7E FE 17 20 04
17772 36 00 18 02 36 80 C3 00 42 9F D0 88 E2 55 12 61
17788 2E 44 B9 FE EC 9A 55 66 16 50 44 F7 A1 CB 94 55
17804 1C 45 4F 44 8A 9B DA A0 55 38 1D 3F 44 FB B0 98
17820 DD 55 5A 0D 24 44 8E D6 FD D2 55 03 18 4E 44 FC
17836 B5 89 F4 55 5E 65 39 44 99 AF BC F1 55 33 3D 67
17852 77 CD C8 41 CD C6 44 CD C8 41 CD C6 44 C9 06 02
17868 C5 01 48 00 11 30 42 21 75 45 ED B0 3E 17 32 F2
17884 41 32 FF 41 CD BD 45 01 48 00 11 30 42 21 18 79
17900 ED B0 78 32 FF 41 3E 17 32 F2 41 CD BD 45 C1 10
17916 CF C9 18 00 00 00 00 00 00 00 00 00 00 00 00 2A
17932 0C 40 E5 11 07 03 19 22 02 46 E1 E5 11 38 02 19
17948 22 04 46 E1 E5 11 75 01 19 22 06 46 E1 11 B2 00
17964 19 22 08 46 21 FE 45 36 18 23 72 23 72 23 72 3E
17980 80 CD 90 46 3E 88 CD 90 46 3E 17 CD 90 46 CD BD
17996 45 3E 00 CD 90 46 11 21 00 2A 02 46 ED 52 22 02
18012 46 2A 04 46 ED 52 22 04 46 2A 06 46 ED 52 22 06
18028 46 2A 08 46 ED 52 22 08 46 21 FE 45 7E FE 00 C8
18044 35 23 7E FE 12 C8 34 23 7E FE 0C C8 34 23 7E FE
18060 06 C8 34 C9 32 0A 46 CD 97 46 C9 3A FE 45 FE 00
18076 C8 47 3A 0A 46 2A 02 46 11 22 00 77 23 77 ED 52
18092 10 F9 0E 02 3A FF 45 FE 11 20 03 0D 18 03 FE 12
18108 C8 3A 0A 46 2A 04 46 11 34 00 06 14 77 23 10 FC
18124 ED 52 0D 20 F5 0E 02 3A 00 46 FE 0B 20 03 0D 18
18140 03 FE 0C C8 3A 0A 46 2A 06 46 1E 2E 06 0E 77 23
18156 10 FC ED 52 0D 20 F5 0E 02 3A 01 46 FE 05 20 03
18172 0D 18 03 FE 06 C8 3A 0A 46 2A 08 46 1E 28 06 08
18188 77 23 10 FC ED 52 0D 20 F5 C9 FE 76 C2 CF 44 05
18204 C2 CF 44 C9 3E C3 21 3D 45 32 E8 41 22 E9 41 C9
18220 3E 36 21 1B D5 32 E8 41 22 E9 41 C9 00 00 01 00
18236 00 00 00 00 00 00 00 00 00 2A 0C 40 11 07 00 19
18252 22 3E 47 1E 03 19 22 40 47 19 22 42 47 19 22 3C
18268 47 3E 01 CD 9D 47 3E 02 CD 9D 47 3E 0A CD 9D 47
18284 CD BD 45 AF CD 9D 47 11 21 00 21 3A 47 7E FE 18
18300 C8 34 FE 08 D8 2A 3E 47 19 22 3E 47 FE 0E D8 2A
18316 40 47 19 22 40 47 FE 14 D8 2A 42 47 19 22 42 47
18332 C9 32 3B 47 CD A4 47 C9 3A 3A 47 FE 19 C8 47 3A
18348 3B 47 2A 3C 47 11 20 00 77 23 77 19 10 FA 0E 01
18364 3A 3A 47 FE 07 D8 FE 08 38 01 0C 3A 3B 47 2A 3E
18380 47 11 0D 00 06 14 77 23 10 FC 0D 19 20 F6 0E 01
18396 3A 3A 47 FE 0D D8 FE 0E 38 01 0C 3A 3B 47 2A 40
18412 47 11 13 00 06 0E 77 23 10 FC 0D 19 20 F6 0E 01
18428 3A 3A 47 FE 13 D8 FE 14 38 01 0C 3A 3B 47 2A 42
18444 47 11 19 00 06 08 77 23 10 FC 0D 19 20 F6 C9 01
```

```
18460 83 81 2A 38 47 11 20 00 E5 19 22 38 47 E1 1D 70
18476 23 36 04 19 36 87 23 70 23 71 19 71 23 70 23 71
18492 23 36 04 19 36 85 C9 AF 2A 38 47 11 20 00 ED 52
18508 1D 77 23 77 19 77 23 77 23 77 19 06 04 77 23 10
18524 FC 19 2B 77 C9 2A 0C 40 11 16 00 19 22 38 47 C9
18540 3E 05 2A 0C 40 11 13 02 19 E5 36 07 14 47 23 72
18556 10 FC 11 21 00 47 77 19 10 FC 77 06 04 2B 36 83
18572 10 FB E1 06 04 19 77 10 FC 19 36 82 C9 0E 05 AF
18588 2A 0C 40 11 13 02 19 E5 41 77 23 10 FC 11 21 00
18604 41 77 19 10 FC 77 06 04 2B 77 10 FC E1 41 19 77
18620 10 FC C9 01 02 03 83 87 04 00 00 00 00 00 00 32
18636 AC 44 32 AF 44 3E 11 32 82 44 32 94 44 CD 7A 5A
18652 CD C8 41 C9 83 80 05 80 80 99 87 80 04 81 82 99
18668 00 87 07 82 00 99 00 00 00 00 2A 0C 40 11 FA 02
18684 19 22 F2 48 21 E0 48 22 F4 48 C9 2A F2 48 ED 4B
18700 F4 48 0A FE 99 28 0B 77 23 22 F2 48 03 ED 43 F4
18716 48 C9 11 26 00 ED 52 18 F0 00 00 E1 D1 D5 E5 7B
18732 2A 25 49 FE 04 28 01 C9 36 87 23 23 23 36 00 3E
18748 0E 32 32 49 C9 36 00 23 23 36 04 3E 1A 32 32 49
18764 C9 AF 23 36 85 23 77 11 23 00 ED 52 22 25 49 3E
18780 2E 32 32 49 C9 36 00 23 23 36 04 3E 3A 32 32 49
18796 C9 AF 23 36 85 23 77 11 22 00 ED 52 22 25 49 3E
18812 4E 32 32 49 C9 36 85 23 36 00 3E 59 32 32 49 C9
18828 36 87 3E 61 32 32 49 C9 36 00 3E 69 32 32 49 C9
18844 11 21 00 19 36 87 19 22 25 49 3E 79 32 32 49 C9
18860 36 84 23 36 01 21 00 00 22 2A 43 22 2B 43 C9 00
18876 00 00 E1 D1 D5 E5 7B FE 01 C0 11 21 00 2A BB 49
18892 3A BD 49 BA C2 4C 4A 18 00 36 87 19 36 84 23 36
18908 01 3E 0E 32 D4 49 C9 72 19 36 81 23 36 04 3E 1B
18924 32 D4 49 C9 19 36 87 23 72 19 36 01 2B 36 84 19
18940 36 80 3E 2F 32 D4 49 C9 19 72 19 36 81 23 36 04
18956 19 19 2B 36 06 3E 42 32 D4 49 C9 19 19 36 87 23
18972 72 19 19 2B 36 81 3E 53 32 D4 49 C9 19 19 72 19
18988 19 19 36 07 3E 61 32 D4 49 C9 19 19 19 19 36 80
19004 23 36 80 19 2B 36 80 7A 32 D4 49 3C 32 BD 49 C9
19020 18 00 19 19 19 19 36 80 23 36 80 19 2B 36 80 3E
19036 13 32 4D 4A C9 19 19 19 19 36 81 23 36 81 19 2B
19052 36 07 3E 26 32 4D 4A C9 19 19 36 87 19 19 19 36
19068 05 3E 35 32 4D 4A C9 19 19 36 81 23 36 04 19 19
19084 2B 36 06 3E 47 32 4D 4A C9 19 36 87 19 36 84 23
19100 36 01 19 19 2B 36 04 3E 5B 32 4D 4A C9 19 36 81
19116 23 36 04 19 72 2B 36 85 19 36 07 3E 6F 32 4D 4A
19132 C9 36 87 19 36 84 23 36 01 7A 32 BD 49 32 4D 4A
19148 C9 00 00 00 09 00 00 00 80 80 00 89 00 80 80 01
19164 01 80 89 80 02 02 80 00 01 89 02 00 80 01 80 80
19180 89 80 80 02 00 01 01 89 02 02 00 00 00 00 89 00
19196 00 00 00 00 00 00 00 00 00 83 83 00 8A 00 83 83
19212 07 07 83 8A 83 83 84 83 00 07 8A 84 00 83 07 83
19228 83 8A 83 83 84 00 07 07 8A 84 84 00 00 00 00 8A
19244 00 00 00 00 01 3A 44 4B FE 04 28 51 FE CC 28 6A
19260 3A 27 4B FE 00 20 05 21 D3 4A 18 03 21 0B 4B 3A
19276 30 4B 47 11 00 00 C5 01 07 00 ED B8 E5 EB 11 1A
19292 00 ED 52 EB E1 C1 10 EE 11 07 00 3A 2F 4B BA 20
19308 0D 2A 44 4B 19 00 22 44 4B 7B 32 2F 4B C9 2A 49
19324 4B 19 00 22 49 4B 21 2F 4B 72 23 34 C9 21 FD 4A
19340 22 44 4B 3E 2E 32 49 4B 21 ED 52 22 70 4B 22 7D
19356 4B 21 87 4B 34 AF 32 2F 4B C9 3E D3 32 44 4B 21
19372 0B 4B 22 49 4B 21 19 00 22 70 4B 22 7D 4B 21 87
19388 4B 36 34 AF 2E 2F 77 23 77 34 2A 50 4B 2B 2B 2B
19404 77 67 6F 22 2D 43 32 2F 43 C9 1E ED 16 02 2A 0C
19420 40 19 22 50 4B 3E CD 21 31 4B 32 2D 43 22 2E 43
19436 C9 F4 E4 EF F6 E7 E1 D1 D5 E5 7B FE 01 C0 C3 31
19452 4B AF 2A 0C 40 11 F8 02 19 77 23 77 23 23 23 23
```

```
19468 23 06 19 23 77 10 FC C9 EA 72 A2 CF 8A 61 B0 ED
19484 60 A7 F6 AE C5 CA F4 87 CC D5 E5 6D E4 93 E8 AB
19500 F2 81 6E C9 B0 71 85 62 F0 68 D4 A4 A8 70 C7 D3
19516 E6 65 A3 6C A6 91 69 D1 66 8F 64 8D 00 ED ED ED
19532 EE EC EF EB F0 EA F1 E8 F2 E9 F3 E7 ED F4 E6 F6
19548 E5 F5 E4 16 02 21 49 4C 5E 2A 0C 40 19 22 50 4B
19564 CD 31 4B 3A 44 4B FE 04 C0 CD 31 4B 21 62 4C 34
19580 34 34 7E FE 61 C0 28 00 36 49 2E 48 7E 34 FE 00
19596 20 0B 2E 80 36 54 21 00 00 22 7C 4C C9 FE 01 20
19612 1A 2E 58 36 F2 2E 80 36 5F 3E 30 21 35 3A CD BA
19628 44 21 00 00 22 27 43 22 28 43 C9 FE 02 C8 FE 03
19644 20 21 2E 62 36 5E 2E 7B 34 2E 80 36 48 3E 21 21
19660 ED 52 32 94 4B 22 95 4B 3E 77 32 CC 4B 3E CC 32
19676 73 4C C9 3E 14 32 80 4C 3E 65 32 83 4C 36 47 C9
19692 CD F6 42 CD F6 42 C9 21 00 00 0E 01 AF 57 5F CD
19708 16 4D 0E 01 2A F4 4C CD 07 4D C9 3E 34 32 04 4D
19724 3E 16 32 FC 4C 3E 01 11 04 87 41 72 23 77 D5 11
19740 21 00 ED 52 D1 10 F4 72 23 73 87 41 D5 11 21 00
19756 19 D1 77 23 73 10 F5 C9 3E 07 32 04 4D 3E 42 32
19772 FC 4C 3E 06 16 80 77 D5 11 20 00 41 ED 72 77 10
19788 FB D1 23 82 77 11 22 00 41 19 77 10 FC FE 00 D0
19804 21 F7 4C 34 7E FE 0C 28 0C 2E FF 77 2A F4 4C 2B
19820 22 F4 4C A7 C9 2A 0C 40 11 0A 03 19 22 F4 4C AF
19836 3C 32 F7 4C 32 FF 4C 3E CD 21 93 4D 32 27 43 22
19852 28 43 C9 CD AD 4C C9 E1 D1 D5 E5 7B FE 01 00 C2
19868 F3 4C AF 57 5F 2A F4 4C CD 16 4D C3 5C 4D CD 71
19884 4D CD C8 41 C9 32 75 4D CD AA 4D C9 3E 00 2A 0C
19900 40 0E 18 06 20 23 77 10 FC 23 0D 20 F6 C9 1B 32
19916 B9 4D C9 CD F6 48 06 11 C5 CD 07 49 C1 10 F9 CD
19932 F3 4C C9 3E 1B 21 1C 1D CD BA 44 3E 04 32 D2 41
19948 CD AA 4D 3E C0 32 5B 4D 21 F3 4C 22 28 43 3E 0A
19964 32 D2 41 CD C8 41 3E 1A 21 D0 C3 32 99 4D 22 9A
19980 4D 21 93 4D 22 28 43 3E 67 32 CD 4B 3E B0 21 B5
19996 BA CD BA 44 3E 02 32 D2 41 CD 43 44 CD 43 44 CD
20012 C8 41 21 99 4D 35 35 20 F6 34 CD C8 41 AF 32 5B
20028 4D 32 B0 42 3C 21 02 03 CD BA 44 3E CD 21 C2 43
20044 32 2D 43 22 2E 43 21 18 08 22 F9 4C 7C 32 D2 41
20060 CD AA 4D 21 57 5F 22 F9 4C 3E 2A 32 64 4D 3E 04
20076 32 D2 41 CD AA 4D 3E 03 32 99 4D 3E C9 32 FE 4C
20092 CD AA 4D 3E 07 32 62 4D 21 18 08 22 F9 4C 3E 34
20108 32 35 4D 21 64 02 22 75 4D CD AA 4D 3E 80 CD B1
20124 4D 3E 80 32 12 4D AF 32 26 4D 3E 07 32 35 4D 3E
20140 A4 CD B1 4D 3E 01 32 12 4D 3E 87 32 26 4D 21 62
20156 4D 34 3E CA CD B1 4D 21 62 4D 35 3E E3 CD B1 4D
20172 3E 80 32 12 4D AF 32 26 4D 21 62 4D 34 21 0D 03
20188 22 75 4D CD AA 4D 3E 34 32 35 4D 3E 05 32 62 4D
20204 3C CD B1 4D 3E 0F 32 62 4D 3E 0C 32 64 4D 21 18
20220 03 22 C3 43 3E CD 21 B8 4D 32 D0 43 22 D1 43 21
20236 F3 4C 22 D4 43 3E C9 32 83 4D 3E 0E 32 D2 41 3E
20252 07 32 35 4D CD ED 56 AF 32 C5 49 3E 1B 32 B9 4D
20268 3E 18 32 BE 4D CD C8 41 21 00 00 22 D3 43 22 D4
20284 43 3E CD 21 CF 4D 32 27 43 22 28 43 21 57 5F 22
20300 F9 4C 3E 0E 32 FE 4C 3E 07 32 D2 41 CD AA 4D 3E
20316 C0 32 5B 4D CD C8 41 AF 32 B9 4D 3E 0C 32 BE 4D
20332 3E C9 32 FE 4C 3E 02 32 D2 41 CD C8 41 3E C9 32
20348 DB 4D CD C8 41 CD AD 4C 3E 25 32 D2 41 CD DC 56
20364 C9 3E 22 01 03 83 11 D3 00 2A 0C 40 19 70 23 71
20380 23 70 23 23 23 77 23 77 23 77 C9 88 92 00 35 34
20396 37 39 3A 2C 3A 2A 38 88 92 00 00 2A 33 2C 31 2E
20412 38 2D 2A 0C 40 11 A9 02 19 36 16 11 17 00 19 EB
20428 21 A7 4F 01 0C 00 ED B0 E5 EB 11 15 00 19 EB E1
20444 0E 0B ED B0 C9 11 00 11 CD C2 41 3E 88 CD 01 56
20460 11 00 04 CD C2 41 CD B8 4D 11 00 BB CD C2 41 3E
```

```
20476 0C 32 BE 4D C9 2A 0C 40 11 10 00 19 CD 30 50 1E
20492 3C 19 CD 3A 50 1E 79 19 CD 3A 50 1E 3C 19 CD 30
20508 50 1E 3C 19 CD 3A 50 1E 5D 19 CD 30 50 1E 62 19
20524 CD 30 50 C9 77 23 77 1E 20 19 77 23 77 C9 77 23
20540 77 1E 09 19 77 23 77 1E 16 19 77 23 77 1E 09 19
20556 77 23 77 C9 EB FF E3 EF FF E6 E7 E3 E6 FF E3 F0
20572 E6 FF E6 F1 F1 EF E7 E6 FF F6 F1 FF E6 EB E7 FE
20588 FF FF E4 F7 F6 FF F6 EA EB F5 FF EB FF ED F0 F1
20604 F9 FF F0 F1 F6 FD FF FF FF EB F0 FF EF FB FF E6
20620 F1 F1 EF FF EB FF E6 F4 E3 E9 FF F6 EA E7 FF F9
20636 F1 F4 F5 EA EB F2 F2 E7 F4 F5 FF F1 E8 FF EF E7
20652 FF F7 F0 F6 F1 FF E8 EB F4 E7 FF E3 F0 E6 FF F6
20668 EA E7 FF F2 F1 F9 E7 F4 FF F1 E8 FF E8 EB F4 E7
20684 FD FF FF FF EB FF F1 E8 E8 E7 F4 FF F6 EA E7 EF
20700 FF EB EE EE F7 F5 EB F1 F0 FE FF F2 E3 EB F0 FF
20716 E3 F0 E6 FF E6 E7 F5 F2 E3 EB F4 FD FF FF FF EB
20732 FF F2 F4 F1 EF EB F5 E7 FF F6 EA E7 EF FF ED EB
20748 F0 E9 E6 F1 EF F5 FF E3 F0 E6 FF EE EB E8 E7 FE
20764 FF FF E3 F0 E6 FF EB F0 FF F6 EA E7 FF F5 E3 EF
20780 E7 FF E4 F4 E7 E3 F6 EA FF EB FF F5 F7 E5 ED FF
20796 E6 F4 FB FF F6 EA E7 EB F4 FF E4 EE F1 F1 E6 FF
20812 E3 F0 E6 FF F5 F2 E7 F4 EF FE FF FF E3 F0 E6 FF
20828 E8 F7 E5 ED FF F6 EA E7 EB F4 FF E4 F4 E3 EB F0
20844 F5 FF F1 F7 F6 FD FF FF FF E5 F1 EF E7 FE FF E4
20860 F7 F6 FF E5 F1 EF E7 FF F7 F0 F6 F1 FF EF E7 FD
20876 FF FF FF F6 EA E7 FF F8 EB F5 EB F1 F0 FF F1 E8
20892 FF EF FB FF EA F1 F4 F4 F1 F4 FD FD FD FF F6 EA
20908 E3 F6 FF EB F5 FF F6 EA E7 FF ED E7 FB FD FF FF
20924 FF FF FF FF FF FF 77 F5 F1 F7 FF F7 EF FF EF F1
20940 F4 F6 F1 FF E7 FF F7 EF FF E5 F1 F0 E6 E7 F0 E3
20956 E6 F1 FF E3 FF EF F1 F4 F4 E7 F4 FE FF FF EF E3
20972 F5 FF EB E9 F0 F1 F4 F1 FF EB F5 F5 F1 FD FF FF
20988 FF E7 EF FF EF EB F0 EA E3 FF E5 F1 F0 E6 E7 F0
21004 E3 F3 E3 F1 FF E3 F4 F4 E3 F5 F6 F1 FF EF E7 F7
21020 F3 FF E3 E6 F1 F4 E3 E6 F1 F4 E7 F5 FF E3 F1 FF
21036 E8 F1 E9 F1 FF E7 FF E3 F1 FF F2 F1 E6 E7 F4 FF
21052 E6 F1 FF E8 F1 E9 F1 FD FF FF FF F1 E8 E7 F4 E7
21068 F3 F1 EC EE EA E7 F5 FF EB EE F7 F5 E3 F1 FE FF
21084 E6 F1 F4 FF E7 FF E3 E9 F1 F0 EB E3 FD FF FF FF
21100 F2 F4 F1 EF E7 F6 F1 EC EE EA E7 F5 FF E6 F1 EF
21116 EB F0 EB F1 F5 FF E7 FF F8 EB E6 E3 FE FF FF E7
21132 FF F0 F1 FF EF E7 F5 EF F1 FF E8 F1 EE E7 E9 F1
21148 FF E5 EA F7 F2 F1 EC EE EA E7 F5 FF F1 FF F5 E3
21164 F0 E9 F7 E7 FF E7 FF F1 FF E7 F5 F2 E7 F4 EF E3
21180 FE FF FF E7 FF E8 F1 E6 F1 EC EE EA E7 F5 FF E5
21196 F1 EF F2 EE E7 F6 E3 EF E7 F0 F6 E7 FF E3 FF E5
21212 E3 E4 E7 F3 E3 FD FF FF FF E9 F1 FC E7 EF FE FF
21228 EF E3 F5 FF E9 F1 FC E7 EF FF E7 EF FF EF EB EF
21244 FF E7 FF F2 E3 F4 E3 FF EF EB EF FD FF FF FF E3
21260 FF F8 EB F5 E3 F1 FF E6 F1 FF EF E7 F7 FF EA F1
21276 F4 F4 F1 F4 FD FD FD FF E7 EB F5 FF E3 FF E5 EA
21292 E3 F8 E7 FD FF FF FF FF FF FF FF FF 77 13 06 0E
21308 7E 2B 77 23 23 10 F9 C9 36 07 23 36 05 19 C9 36
21324 07 23 36 04 19 C9 36 05 C3 46 53 36 07 23 36 01
21340 19 C9 36 05 23 36 00 19 C9 36 85 C3 60 53 36 84
21356 C3 59 53 36 82 C3 46 53 36 03 23 36 01 C3 0B 55
21372 36 01 C3 76 53 36 01 23 36 00 C3 0B 55 36 02 C3
21388 83 53 11 00 00 21 00 00 06 06 CD 3C 53 1A FE FE
21404 20 02 3E D7 FE FD 20 02 3E D8 FE FF 20 02 3E BD
21420 FE EC 20 02 3E D3 FE 77 C3 BD 62 D6 3D 2B 77 11
21436 13 00 21 00 00 CD 13 55 E5 19 CD 13 55 19 CD 13
21452 55 2A 8F 53 7E 26 53 6F 7E 6F 24 22 E0 53 1E 20
21468 E1 2B 2B C3 00 00 00 00 09 12 1B 26 2F 38 41 4A
```

```
21484 FF 53 60 66 6F 75 7B FC 81 8C 97 A0 A6 AF 00 B8
21500 C3 D6 E4 F1 CD 44 53 CD 44 53 C3 7C 53 CD 4B 53
21516 CD 4B 53 C3 21 54 CD 57 53 CD 5E 53 C3 74 53 CD
21532 4B 53 CD 52 53 36 03 C3 83 53 CD 57 53 CD 57 53
21548 C3 74 53 CD 57 53 CD 57 53 C3 81 53 CD 57 53 CD
21564 52 53 C3 74 53 CD 52 53 CD 44 53 C3 7C 53 CD 6A
21580 53 CD 65 53 C3 74 53 36 82 CD 59 53 36 82 CD 60
21596 53 C3 7C 53 CD 5E 53 C3 15 54 CD 6F 53 CD 52 53
21612 C3 7C 53 CD 44 53 C3 69 54 CD 44 53 C3 3B 54 CD
21628 44 53 C3 32 54 CD 44 53 36 80 CD 59 53 C3 7C 53
21644 CD 57 53 36 03 CD 46 53 C3 74 53 CD 6A 53 CD 65
21660 53 C3 89 53 CD 52 53 C3 3B 54 CD 52 53 CD 52 53
21676 C3 89 53 CD 52 53 CD 6F 53 C3 7C 53 CD 52 53 36
21692 84 CD 59 53 C3 89 53 36 03 CD 46 53 36 06 CD 60
21708 53 C3 74 53 36 00 CD 60 53 C9 CD D0 54 36 87 23
21724 36 04 19 36 02 C3 76 53 CD D0 54 36 87 CD 60 53
21740 36 06 C3 83 53 CD D0 54 CD D0 54 36 00 C3 83 53
21756 C3 AF 62 CD D0 54 36 03 CD 59 53 C3 F7 54 00 2A
21772 8F 53 23 22 8F 53 C9 E5 CD 3A 53 E1 CD 3A 53 C9
21788 2A 0C 40 11 8D 01 19 11 10 00 0E 05 06 11 72 23
21804 10 FC 19 0D 20 F6 C9 71 23 10 FC 50 C9 32 4E 55
21820 C9 E1 D1 D5 E5 7B FE 01 C0 CD 1C 55 2A 0C 40 16
21836 01 18 00 1E D7 19 36 80 3E 09 18 E1 1E B4 19 01
21852 83 05 CD 33 55 1E 1C 19 36 05 23 23 23 23 36 85
21868 1C 19 01 03 05 CD 33 55 3E 29 18 C1 1E B1 19 36
21884 85 23 01 03 09 CD 33 55 36 05 1E 17 19 36 85 06
21900 0A 23 10 ED 36 05 19 36 85 23 01 83 09 CD 33 55
21916 36 05 3E 53 18 97 1E 8F 19 01 83 0D CD 33 55 1E
21932 14 06 03 19 36 05 0E 0C 23 0D 20 FC 36 85 23 10
21948 F2 19 01 03 0D CD 33 55 3E 7A C3 39 55 1E 8D 19
21964 36 07 23 01 03 0F CD 33 55 36 84 1E 11 06 03 19
21980 36 05 0E 10 23 0D 20 FC 36 85 10 F3 19 36 82 23
21996 01 83 0F CD 33 55 36 81 C3 32 62 00 2A 0C 40 01
22012 C2 01 09 36 83 23 06 07 72 23 10 FC 36 04 0E 19
22028 09 72 23 06 07 77 23 10 FC 72 09 36 84 23 06 07
22044 77 23 10 FC 36 07 09 36 02 23 36 04 23 06 05 77
22060 23 10 FC 36 87 23 36 01 0C 09 16 85 72 23 06 05
22076 77 23 10 FC 73 0C 09 72 23 77 23 36 00 23 36 00
22092 23 77 23 36 87 23 36 01 0C 09 36 86 23 06 03 77
22108 23 10 FC 73 0C 09 72 23 06 03 77 23 10 FC 73 09
22124 72 16 01 23 77 23 77 23 36 87 23 72 0C 09 36 86
22140 23 77 23 36 07 0C 0C 09 36 03 23 72 C9 00 09 18
22156 21 24 27 30 33 37 50 53 57 6E 75 7B 80 85 83 04
22172 84 07 02 04 87 01 85 87 01 86 01 87 86 07 03 77
22188 26 56 11 89 56 06 11 1A 6F 36 00 13 10 F9 50 58
22204 3E 00 C3 F8 55 26 56 01 9A 56 11 89 56 1A 6F 0A
22220 FE 77 28 05 77 13 03 18 F4 11 05 80 AF C3 F8 55
22236 AF 32 E9 41 32 F2 41 3C 67 6F CD BA 44 CD C8 41
22252 C9 CD B1 4D 21 BC 78 22 C7 43 C9 01 00 06 2A 0C
22268 40 11 05 02 19 22 98 42 E1 D1 D5 E5 7B FE 01 28
22284 15 CB 43 2A 98 42 28 02 06 86 71 23 70 23 71 23
22300 71 23 70 23 71 C9 3E 05 21 FE 56 BE 20 02 34 C9
22316 35 C9 00 00 E1 D1 D5 E5 7B FE 01 C0 01 85 05 21
22332 9A 42 7E 34 CB 47 20 07 FE 0C 28 17 01 87 04 2A
22348 2E 57 70 23 23 71 78 FE 05 C0 11 23 00 ED 52 22
22364 2E 57 C9 21 F0 61 22 28 43 C3 0D 62 00 00 0B 02
22380 0C 11 A2 01 19 11 22 00 06 05 77 ED 52 10 F3 C9
22396 11 A7 01 19 11 20 00 18 EF 11 CB 01 19 77 23 77
22412 23 77 C9 11 4E 02 19 11 22 00 77 19 77 19 77 C9
22428 11 B0 02 18 E7 11 F1 02 19 11 22 00 18 EE 11 ED
22444 02 19 11 20 00 18 E5 11 AA 02 19 77 2B 77 2B 77
22460 C9 11 46 02 19 11 20 00 18 D0 11 C1 01 18 EB 11
22476 0D 02 18 C2 11 03 02 18 EB 21 0D 58 CD F0 57 22
```

```
22492 D6 57 AF CD 01 58 21 0F 58 CD F0 57 22 E3 57 3E
22508 1B C3 01 58 7E 32 06 58 23 7E 32 0A 58 23 FE D0
22524 C0 21 0D 58 C9 2A 0C 40 E5 CD 00 57 E1 CD 00 57
22540 C9 6D A1 BD 7C C6 CB 8F B3 9C AA 85 D0 00 00 CD
22556 83 6E 06 02 11 EE EE CD C2 41 10 F8 CD B8 4D CD
22572 BE 4F 3E B5 11 C3 02 21 38 58 18 1C 3E AA 11 E5
22588 02 21 42 58 18 12 3E 35 11 C3 02 21 4C 58 18 08
22604 3E 2A 11 E5 02 21 2E 58 22 38 47 2A 0C 40 19 77
22620 16 1A D5 CD BB 02 7C FE FD 28 1E FE F7 28 13 FE
22636 EE 28 08 D1 15 20 EB 2A 38 47 E9 7D FE BF 20 F3
22652 D1 C9 7D FE FB 20 EC 18 05 7D FE DF 20 E5 D1 44
22668 4D CD BD 07 7E 32 44 47 CD B8 4D CD E1 4F CD 41
22684 41 CD C8 41 CD 78 42 CD 78 42 3E 25 32 D2 41 CD
22700 C8 41 06 04 C5 CD 78 42 C1 10 F9 3E 07 32 D2 41
22716 CD C8 41 CD B3 42 CD B3 42 3E 01 32 D2 41 06 07
22732 C5 CD C8 41 CD B3 42 C1 10 F6 3E 80 32 BE 42 32
22748 D6 42 06 03 C5 CD C8 41 CD B3 42 C1 10 F6 3E 04
22764 32 DF 42 CD C8 41 CD B3 42 ED 52 22 2D 41 01 0D
22780 00 11 EC 41 21 2F 41 ED B0 0E 05 11 02 42 ED B0
22796 3E 07 32 D2 41 21 3C 40 06 06 7E 32 20 59 C5 E5
22812 CD C8 41 CD 00 43 E1 C1 23 10 EF E5 CD C8 41 01
22828 02 06 11 00 00 E1 7E 32 39 59 C5 E5 CD 00 43 E1
22844 C1 23 10 F2 2A 0C 40 11 AA 02 19 22 7B 40 E5 CD
22860 C8 41 E1 36 15 CD C8 41 01 06 00 11 2A 43 D5 21
22876 48 40 ED B0 3E 1C 32 D2 41 21 11 00 22 16 43 CD
22892 C8 41 3E 06 32 17 43 06 44 C5 CD F6 42 C1 10 F9
22908 E1 3E 06 70 23 3D 20 FB 32 17 43 3E 03 32 F7 42
22924 CB 8F 32 D2 41 06 06 C5 01 00 80 11 68 02 D5 CD
22940 E2 43 CD C8 41 01 80 00 D1 CD E2 43 CD C8 41 C1
22956 10 E5 3E 0F 32 D2 41 CD DC 43 CD C8 41 3E 01 32
22972 F7 42 21 16 43 36 1D 7C 32 2C 43 21 CD FF 22 2A
22988 43 CD C8 41 11 00 00 CD 5F 43 3E 01 32 D2 41 3E
23004 88 32 22 44 06 0B C5 CD C8 41 21 16 43 35 35 C1
23020 10 F4 78 32 22 44 06 0B C5 CD C8 41 21 16 43 34
23036 34 C1 10 F4 36 25 3E E2 32 18 44 3E 01 32 14 44
23052 CD 2A 44 3E 03 32 2B 44 21 17 00 22 2E 44 65 68
23068 22 37 44 3E 32 32 16 43 CD 43 44 CD 43 44 06 05
23084 11 4E 40 D5 C5 1A 67 C6 80 6F CD 5A 44 CD 2A 44
23100 C1 D1 13 10 ED 3E 1B 32 2E 44 32 38 44 21 83 09
23116 CD 5A 44 3E 01 32 2B 44 CD 43 44 CD 43 44 11 53
23132 40 06 02 79 F5 C5 D5 1A 32 00 44 CD 2A 44 D1 C1
23148 13 10 F2 F1 20 08 3C 32 01 44 06 05 18 E6 2A 0C
23164 40 E5 11 68 02 19 22 3C 40 E1 E5 11 0A 03 19 22
23180 3E 40 E1 1E 10 19 22 40 40 3E CD 32 2D 43 21 6C
23196 44 22 2E 43 CB 97 32 27 44 32 A0 5A 3E 0A 32 16
23212 43 06 07 C5 21 2E 44 36 00 2E 38 36 1B E5 CD 2A
23228 44 E1 70 2E 2E 36 1B CD 2A 44 C1 10 E6 78 32 AC
23244 44 32 AF 44 3E 07 32 88 5A 3C 32 90 5A 3E 11 32
23260 82 44 32 94 44 60 68 22 2A 43 22 2B 43 3E 04 32
23276 16 43 06 15 CD 2C 44 04 78 32 F9 42 3E F7 32 FE
23292 42 06 30 CD 2C 44 CD 7A 5A 06 35 CD 2C 44 60 68
23308 22 27 43 22 28 43 3E 08 21 0C 40 CD BA 44 06 1A
23324 CD 2C 44 CD 20 47 3E 02 21 04 0A CD BA 44 3E 20
23340 32 D2 41 06 02 C5 CD 27 45 CD 1E 45 CD 15 45 CD
23356 0C 45 CD 03 45 C1 10 ED 3E 01 32 D2 41 CD 2C 47
23372 3E 07 21 0B 1F CD BA 44 CD BD 45 21 D2 41 34 7E
23388 FE 16 20 F4 01 48 00 11 18 79 21 30 42 ED B0 06
23404 03 C5 3E 17 32 D9 45 CD CA 45 78 32 D9 45 CD CA
23420 45 C1 10 ED CD 7B 63 3E 06 22 3F 45 22 52 45 22
23436 69 45 32 41 45 32 54 45 32 6B 45 CD 20 47 3E 0B
23452 32 D2 41 CD 45 47 06 18 C5 CD BD 45 CD 5D 47 C1
23468 10 F6 CD BD 45 CD 5D 47 06 01 21 D2 41 7E B8 28
23484 01 35 21 EC 41 7E B8 28 01 35 21 F4 41 7E B8 28
23500 01 35 21 02 42 7E B8 28 03 35 18 D6 CD 2C 47 CD
23516 61 48 3E 18 32 CE 44 06 12 C5 CD 1B 48 CD 0B 46
23532 CD 43 48 C1 10 F3 CD 61 48 06 12 C5 CD 3B 46 CD
23548 43 48 21 CE 44 35 21 EC 41 34 21 F4 41 34 34 21
23564 02 42 34 34 34 CD 1B 48 21 D2 41 7E FE 06 28 01
23580 34 C1 10 D7 06 06 C5 CD 3B 46 21 CE 44 35 C1 10
23596 F5 3E 17 32 B0 42 0E 06 CD 9E 42 0E 86 CD 9E 42
23612 3E 09 32 AC 44 32 D2 41 3E 83 32 AF 44 3E 12 32
23628 82 44 32 94 44 21 17 03 22 7F 5A 3E 3E 32 83 5A
23644 21 F8 02 22 88 5A 3E 40 32 8C 5A 21 18 04 22 8F
23660 5A 3E CD 32 27 43 32 2A 43 21 F6 42 22 28 43 22
23676 2B 43 3E 03 21 05 0D CD BA 44 CD 7A 5A CD C8 41
23692 CD F6 48 3E 01 32 D2 41 CD CB 48 3E 05 CD CB 48
23708 CD 6C 48 3E 09 32 AC 44 3E 83 32 AF 44 CD D1 48
23724 06 0C C5 CD C8 41 CD 07 49 C1 10 F6 2A 0C 40 11
23740 77 02 19 22 25 49 3E 08 21 0C 11 CD BA 44 3E CD
23756 21 27 49 32 2A 43 22 2B 43 06 07 C5 CD C8 41 C1
23772 10 F9 21 D2 41 E5 34 CD 99 48 CD C8 41 CD 6C 48
23788 CD C8 41 CD 99 48 E1 35 06 06 C5 CD C8 41 CD C8
23804 41 CD 07 49 C1 10 F3 CB 93 1C 19 36 07 2A 0C 40
23820 11 57 02 19 22 BB 49 3E CD 21 BE 49 32 2A 43 22
23836 2B 43 3E 07 32 D2 41 CD C8 41 06 05 C5 21 ED 4B
23852 5E 21 2A 5D 34 21 D2 41 35 CD D8 4B CD C8 41 C1
23868 10 EA 3E C3 21 A6 4B 32 94 4B 22 95 4B AF 32 CC
23884 4B 3E F2 32 E4 4B 3E 06 32 D2 41 CD D6 4B CD C8
23900 41 3E 80 CD FE 4B 3E 02 21 04 05 CD BA 44 3E C9
23916 32 CD 4B 21 88 80 CD 5A 44 3E 04 32 F9 42 3E 31
23932 32 FE 42 3E 01 32 16 43 21 EC 4C 22 28 43 3E CD
23948 2E 5F 32 2D 43 22 2E 43 3E 2A 32 D2 41 CD FD 4B
23964 CD C8 41 CD DF 4D 3E 36 32 33 42 3E 6E 32 36 42
23980 21 62 42 34 3E 84 32 52 42 CD A3 68 CD D9 61 2A
23996 0C 40 E5 11 C4 01 19 22 92 53 E1 E5 1E B0 19 22
24012 BF 53 E1 1E A4 19 22 2E 57 01 8C 01 ED 5B 0C 40
24028 21 DC 7B ED B0 CD C1 56 CD C8 41 CD AC 56 CD B8
24044 4D 3E 0D 32 D2 41 CD C8 41 3E B0 21 B8 C0 CD BA
24060 44 3E 1B 32 E9 41 3E 17 32 F2 41 7C 32 C5 49 3E
24076 C3 21 F9 61 32 2D 43 22 2E 43 3E 87 32 48 56 32
24092 4B 56 3E 08 32 D2 41 CD C8 41 CD C1 56 AF 32 04
24108 56 CD C8 41 3E CD 21 30 57 32 27 43 22 28 43 CD
24124 C8 41 CD C8 41 3E ED 32 28 43 CD C8 41 18 FB AF
24140 32 09 62 00 00 00 3E 8D 32 EC 57 06 06 C5 CD C8
24156 41 C1 10 F9 CD 7E 64 06 13 C5 CD 50 64 CD C8 41
24172 C1 10 F6 3E CD 21 9E 64 32 62 63 22 63 63 3E 0C
24188 32 D2 41 CD C8 41 AF 32 F9 56 32 15 57 32 48 56
24204 32 4B 56 3C CD A9 68 CD AC 56 CD C8 41 21 16 65
24220 22 F1 61 2A 0C 40 11 C5 01 19 22 14 65 3E 0A 32
24236 D2 41 CD C8 41 01 0A 18 CD A0 42 2A 0C 40 11 FF
24252 00 19 22 43 65 7B 63 6B CD BA 44 3E CD 21 45 65
24268 32 27 43 22 28 43 3E 1A 32 59 42 CD C8 41 18 FB
24284 CD C8 41 3E CD 21 B0 68 32 27 43 22 28 43 CD C8
24300 41 CD C8 41 3E C9 32 C2 68 AF CD 93 69 3E CD 21
24316 B1 69 32 27 43 22 28 43 3E 27 32 D2 41 CD C8 41
24332 3E 9D 32 2E 43 AF 32 C5 49 32 F0 65 3E 07 32 D2
24348 41 3E 01 21 01 01 CD BA 44 3E CD 21 DC 69 32 27
24364 43 22 28 43 CD C8 41 21 0E 0C 22 02 6A CD C8 41
24380 3E C9 32 21 6A 21 D2 41 35 28 08 CD CF 69 CD C8
24396 41 18 F2 36 12 3E 21 32 E2 43 AF 32 E5 43 3E 9A
24412 32 2E 43 3E C9 32 02 6A 32 44 6A 21 79 6A 22 28
24428 43 11 94 00 CD AA 6A CD CF 69 CD C8 41 CD B1 49
24444 3E 03 32 D2 41 CD C8 41 3E 0B 32 D2 41 CD B8 68
24460 CD 39 6A CD BB 69 21 18 08 22 3E 45 21 80 28 22
24476 52 45 2E 97 22 69 45 60 68 22 55 45 22 6C 45 CD
24492 20 47 CD E7 69 CD E7 69 CD E7 69 3E 60 32 F0 65
```

```
24508 3E 9D 32 2E 43 3E 27 32 F5 65 3E F8 32 F9 65 3E
24524 0A 32 FC 65 3E 03 32 00 66 3E FF 67 6F CD BA 44
24540 2A 0C 40 11 0F 00 19 22 E9 6A 21 0E 6B 22 28 43
24556 06 05 C5 CD DA 68 C1 10 F9 CD CF 6A CD C8 41 CD
24572 BB 6A CD CF 69 2A E9 6A CD 5D 6B CD 2C 47 11 94
24588 00 CD AA 6A 3E CD 21 79 6B 32 B0 6A 22 B1 6A 21
24604 00 00 22 7C 6A 22 7D 6A 22 99 6A 22 9B 6A 22 9D
24620 6A 3E 03 32 D2 41 3E CD 21 71 6A 32 2A 43 22 2B
24636 43 3E 9A 32 2E 43 3E 66 67 6F CD BA 44 CD C8 41
24652 CD AD 4C 3E 10 32 D2 41 CD C8 41 3E 4C 67 6F CD
24668 BA 44 CD C8 41 3E 30 67 6F CD BA 44 CD C8 41 AF
24684 32 E9 41 32 F2 41 CD CD 4B 3E 40 32 D2 41 CD C8
24700 41 CD B8 68 3E 18 32 BE 4D 11 FF FF CD C2 41 CD
24716 85 6B CD B9 6C CD 58 6E CD 28 6D CD B8 4D 01 A8
24732 6D 11 D6 00 CD 7E 6D 03 CD 23 6E 11 00 BB CD C2
24748 41 11 9C 01 CD 7E 6D 03 11 BD 01 CD 7E 6D 03 11
24764 00 AA CD C2 41 11 20 02 CD 7E 6D 03 11 41 02 CD
24780 7E 6D 06 02 11 FF FF CD C2 41 10 F8 CD 28 6D 2A
24796 15 63 E9 00 00 00 00 74 40 74 67 6F 6A 79 6E 7B
24812 74 4E 11 22 6E 73 78 79 66 7A 77 66 77 40 66 40
24828 71 6A 6E 40 69 66 40 67 6A 78 79 66 40 78 74 67
24844 77 6A 40 74 22 75 71 66 73 6A 79 66 5B 22 22 33
24860 74 40 72 6A 79 74 69 74 4E 11 22 72 66 6C 6E 66
24876 6D 5B 22 22 33 66 40 79 6A 68 73 6E 68 66 4E 11
24892 22 77 7A 75 79 7A 77 66 40 75 78 6E 76 7A 6E 68
24908 66 40 6E 73 79 6A 77 73 66 68 6E 74 73 66 71 22
24924 6E 73 69 7A 7F 6E 69 66 40 6A 40 6E 73 7B 6E 78
24940 6E 7B 6A 71 5B 22 22 22 22 22 33 33 78 66 71 7B
24956 6A 56 78 6A 40 76 7A 6A 72 40 75 7A 69 6A 77 59
24972 22 33 66 40 72 74 77 79 6A 40 6A 40 75 66 77 66
24988 40 79 74 69 74 78 5B 33 33 33 33 34 E1 D1 D5 E5
25004 7B FE 08 D0 21 BF 48 7E 32 BD 56 32 F8 56 21 B1
25020 61 34 7E FE C6 C2 AC 56 36 BF C9 E1 D1 D5 E5 7B
25036 FE 76 C0 2A B1 61 7E 32 F8 56 C3 C1 56 21 C3 51
25052 3A 44 47 FE 35 28 03 21 50 50 22 8F 53 C9 CD 5B
25068 62 CD 3D 55 CD F7 56 CD 02 62 C3 2A 43 CD A8 61
25084 CD C7 61 C3 30 43 E1 D1 D5 E5 7B FE 0A C0 C3 D5
25100 57 01 00 1B 21 BF 48 36 0D 23 71 23 70 23 71 23
25116 70 23 71 3E 3A 32 CD 61 3E 40 21 48 50 CD BA 44
25132 3E C3 32 27 43 C9 21 91 62 22 EE 61 3E EA 32 28
25148 43 CD 71 62 3E 15 32 CD 61 3E 03 32 AE 61 3E 20
25164 21 20 20 CD BA 44 C9 2A 0C 40 11 3A 02 19 C9 E1
25180 D1 D5 E5 7B FE 03 C0 01 BD 3D CD 53 62 7E B8 28
25196 02 70 C9 71 C9 CD 53 62 2B 36 85 23 23 36 05 C9
25212 AF CD 53 62 2B 77 23 77 23 77 3E ED 32 28 43 3E
25228 C8 32 A1 62 C9 CD BB 02 7D FE FE 20 0A 44 4D CD
25244 BD 07 7E FE 3D 28 D9 E1 D1 D5 E5 7B FE 01 C0 CD
25260 8E 53 C9 CD 57 53 CD 5E 53 36 84 23 36 01 C3 0B
25276 55 28 0A FE F3 C2 B7 53 3E E5 C3 B7 53 3E 02 32
25292 D2 41 3A FA 53 FE 00 20 42 21 FF FF 22 34 40 3E
25308 EA 32 28 43 21 B7 37 22 64 62 CD 71 62 3E 2E 32
25324 BE 62 3A 35 40 FE FE 38 22 CD BB 02 2C C8 2D 44
25340 4D CD BD 07 7E FE 37 20 12 CD 7C 62 CD D9 61 3E
25356 0A 32 FA 53 32 BE 62 C9 00 00 00 CD 7C 62 00 CD
25372 48 6A 32 53 55 32 75 55 3E 09 32 9F 55 3E 29 32
25388 C5 55 3E 53 32 4E 55 21 3D 55 22 EE 61 3E C3 21
25404 45 63 32 54 55 22 55 55 C9 01 38 00 11 3D 45 21
25420 1B 58 ED B0 21 5A 63 22 EE 61 C9 00 00 00 E1 D1
25436 D5 E5 7B FE 01 D0 2A 0C 40 11 F9 00 19 1E 12 0E
25452 11 06 0F 7E C6 80 77 23 10 F9 19 0D 20 F3 C9 01
25468 38 00 11 1B 58 21 3D 45 ED B0 21 0A 28 C9 0F B7
25484 C6 C3 CB C0 B9 CD 16 16 16 10 C7 C2 C9 BA BA 16
25500 11 C1 8F CD 16 11 B5 C7 C7 16 16 11 B9 B5 C8 16
25516 11 C1 8F CD 16 10 BA B9 B7 B9 C7 16 16 0F C7 C1
25532 C3 C8 BC B9 C6 16 11 C8 BC CD 16 11 C7 C3 C9 C0
25548 16 16 10 B8 C3 8F BD C2 16 11 C8 BC CD 16 0F B6
25564 C6 C3 C8 BC B9 C6 16 16 0F B7 C6 C3 CB C0 B9 CD
25580 16 16 16 0F B5 8F C0 B9 BD 8F B9 16 16 16 0F B7
25596 BC B9 BD C6 B5 C6 16 11 C1 B9 C9 16 11 B7 8F C9
25612 16 16 0F B8 B9 CA C3 C6 B5 C6 16 10 C1 BD C2 BC
25628 B5 16 10 C1 B9 C6 B8 B5 16 16 0F C7 C9 BA C3 B7
25644 B5 C6 16 11 C8 C9 B5 16 11 B5 C0 C1 B5 16 16 0F
25660 BD C1 C3 C0 B5 C6 16 11 C8 B9 C9 16 10 BD C6 C1
25676 B5 C3 16 16 2A 0C 40 E5 11 C3 01 19 06 07 36 80
25692 23 10 FB E1 01 8A 63 0A D6 0F FE 25 38 05 77 23
25708 03 18 F4 FE 07 28 05 83 5F 19 18 FE 03 ED 43 61
25724 64 C9 3A 44 47 FE 35 C0 3E 16 01 E4 63 11 E3 60
25740 21 00 00 32 64 5E ED 43 61 64 ED 53 86 6B 22 00
25756 00 C9 2A 0C 40 E5 11 FC 02 19 7E E1 FE 80 C0 21
25772 18 0D 22 A2 64 11 17 03 19 7E E1 FE 00 C0 3E 1F
25788 32 60 63 3E 12 32 6C 63 3E 72 32 04 56 3E 0A 32
25804 EC 57 3E 80 32 F9 56 3E 88 32 15 57 AF 32 BD 56
25820 32 F8 56 CD CD 4B CD AC 56 3E 38 67 6F CD BA 44
25836 21 18 52 22 9E 64 21 6C 63 35 7E FE 00 20 0A 3E
25852 11 77 21 39 53 35 BE 28 04 2A 0C 40 C9 3E F0 32
25868 28 43 AF 32 71 63 18 F1 00 00 E1 D1 D5 E5 7B FE
25884 01 C0 01 02 01 21 E2 53 34 CB 46 28 03 01 85 05
25900 3E 15 BE D8 2A 14 65 70 23 23 71 78 FE 05 C0 11
25916 1F 00 19 22 14 65 C9 00 00 E1 D1 D5 E5 7B FE 01
25932 DC 50 65 C9 01 87 04 21 0A 55 34 CB 46 28 03 01
25948 00 00 3E 07 BE 28 12 2A 43 65 70 23 23 71 78 B9
25964 C0 11 1F 00 19 22 43 65 C9 21 9B 65 22 4D 65 C9
25980 00 00 64 04 05 65 87 85 65 00 00 65 04 05 66 87
25996 85 66 04 05 67 87 85 67 87 85 61 04 05 61 99 21
26012 7C 65 7E FE 99 28 19 23 4E 23 5E 23 22 9C 65 16
26028 01 2A 0C 40 19 11 21 00 77 06 0D 19 71 10 FC C9
26044 21 26 67 22 4D 65 C9 2A 0C 40 11 8A 02 19 11 19
26060 00 01 8A 05 3E 04 71 23 23 3D 20 FA 19 10 F5 3E
26076 C3 21 9D 67 32 2D 43 22 2E 43 C9 00 41 E1 D1 D5
26092 E5 7B FE 01 C0 2A 0C 40 11 8A 02 19 06 AC 7E FE
26108 8A 28 13 FE 83 28 0F 23 10 F4 3A E8 65 FE 69 C0
26124 3E 41 32 E8 65 C9 E5 2A E7 65 23 22 E7 65 CB 46
26140 E1 28 E4 EE 09 77 18 DF A5 01 AA 02 A4 07 AA 03
26156 A3 07 A9 84 A2 02 A8 84 A2 03 A7 02 A2 07 A7 85
26172 C3 01 C8 02 C3 05 C8 85 E4 01 E9 02 E4 03 EA 84
26188 E5 07 EB 84 E6 07 EC 01 E7 01 EC 03 E7 05 EC B4
26204 FE 08 01 0D 02 08 05 0D 85 29 01 2E 02 28 07 2E
26220 03 27 07 2D 84 26 02 2C 84 26 03 2B 02 FE 0D 87
26236 15 04 0D 85 15 05 FD EC 87 F4 04 EC 85 F4 05 CB
26252 87 D3 04 CB 85 D3 05 AA 87 B2 04 AA 85 B2 05 89
26268 87 91 04 89 85 91 05 68 87 70 04 69 82 6F 81 6A
26284 82 6E 81 6B 04 6D 87 6B 83 6D 83 6C 83 8A 04 90
26300 87 8A 00 90 00 AB 04 B1 87 AB 00 B1 00 CC 04 D2
26316 87 CC 00 D2 00 ED 04 F3 87 ED 00 F3 00 FE 0E 04
26332 14 87 0E 00 14 00 0F 82 13 81 0F 80 13 80 FD EE
26348 82 F2 81 EE 80 F2 80 CD 82 D1 81 CD 80 D1 80 AC
26364 82 B0 81 AC 80 B0 80 8B 82 8F 81 8B 80 8F 80 8D
26380 03 FE 11 83 FD 8D 80 FE 11 80 FD AE 03 F0 83 AE
26396 80 F0 80 CF 86 CF 06 CF 80 FF 16 01 2A 0C 40 01
26412 24 66 0A FE FF 28 24 FE FE 20 02 14 03 FE FD 20
26428 02 15 03 7A 32 27 67 0A 03 5F 19 0A 03 ED 43 2C
26444 67 77 21 F7 55 34 CB 46 C0 18 CF CD C3 65 3E 69
26460 32 35 42 3E 2C 32 47 42 3E AD 32 67 42 3E 08 32
26476 4B 65 3E 99 21 99 99 CD 9A 68 21 A3 67 22 4D 65
26492 C9 ED 5B DD 43 01 88 88 21 69 57 35 CB 46 28 03
26508 01 80 80 CD E2 43 C9 00 00 00 00 00 00 00 CD 7D
```

```
26524 67 CD E9 65 C3 30 43 2A 0C 40 ED 5B D5 67 19 EB
26540 2A A8 67 23 23 35 23 28 15 7E FE 7E CA 7D 68 EB
26556 77 A7 2A D5 67 11 21 00 ED 52 22 D5 67 C9 23 22
26572 A8 67 22 BF 67 22 C7 67 C9 DD 02 02 80 BC 02 0A
26588 85 D9 02 0A 85 B0 01 02 87 08 03 07 85 17 03 13
26604 85 F8 02 0F 05 01 03 17 85 2B 00 02 87 03 03 11
26620 05 06 03 02 85 0A 03 02 85 16 03 0C 85 F9 02 0B
26636 85 AF 01 02 87 FA 02 0B 81 FF 02 0D 85 17 03 0B
26652 81 CD 01 05 80 01 03 17 80 2B 00 02 83 FF 02 0D
26668 81 00 03 0E 85 F9 02 0B 80 AF 01 02 82 8E 01 04
26684 05 B0 01 02 83 07 03 02 85 09 03 02 85 16 03 05
26700 80 15 03 03 80 00 03 0E 81 F8 02 0F 07 02 03 13
26716 85 B0 00 02 84 F9 02 0B 86 08 03 07 80 09 03 02
26732 80 07 03 02 80 0A 03 02 80 06 03 02 80 00 00 00
26748 7E 3E 55 21 55 55 CD BA 44 CD AD 4C 3E 9A 32 2E
26764 43 3E 63 32 DD 43 AF 32 DB 5E CD DC 43 C9 CD BA
26780 44 3E 05 32 3F 42 C9 3E 02 32 D2 41 C9 32 D2 41
26796 CD 2C 47 C9 E1 D1 D5 E5 7B FE 02 D0 ED 5B DD 43
26812 01 00 00 CD E2 43 CD DA 68 CD 0E 69 C9 CD 43 69
26828 21 6A 57 35 CC 91 69 C9 00 00 00 00 09 00 2A 0C
26844 40 E5 11 DB 01 19 22 D4 68 1E BA E1 19 22 D6 68
26860 3E 0A 2A D4 68 ED 5B D6 68 ED 4B D8 68 ED B0 11
26876 18 00 19 22 D4 68 1E 21 A7 ED 52 22 D6 68 3D 20
26892 E1 C9 2A DD 43 ED 52 22 DD 43 CD DC 43 21 6B 57
26908 35 C0 32 C8 68 C9 40 49 08 00 49 00 00 49 00 00
26924 49 00 00 49 00 60 49 04 80 49 18 40 49 08 42 49
26940 0B 51 49 C9 49 49 49 0E 03 2A 0C 40 11 04 03 19
26956 3A 22 69 A7 17 17 17 06 03 CD 6B 69 17 17 17 23
26972 10 F7 ED 5B 4D 69 13 ED 53 4D 69 0D 20 E2 C9 CB
26988 7F 28 0A CB 77 28 03 36 82 C9 36 81 C9 CB 77 28
27004 0A CB 6F 28 03 36 87 C9 36 80 C9 CB 6F 28 03 36
27020 04 C9 36 00 C9 3E 22 2A 0C 40 11 9B 01 19 77 23
27036 23 77 23 23 77 1E 64 19 36 80 06 0A 23 10 FD 36
27052 80 CD AD 4C C9 E1 D1 D5 E5 7B FE 01 C0 CD B8 68
27068 AF 11 21 00 CD 0E 69 21 6C 57 35 C0 21 2E 6A 22
27084 28 43 C9 ED 5B 0C 40 21 50 50 01 18 03 ED B0 C9
27100 2A 0C 40 11 DC 7B 01 18 03 ED B0 2A 0C 40 11 21
27116 00 19 11 BC 78 01 F6 02 ED B0 ED 5B 0C 40 21 BC
27132 78 01 F6 02 ED B0 18 1D 11 21 00 2A 0C 40 06 1F
27148 23 23 7E 2B 77 10 F9 19 06 1F 7E 23 77 2B 2B 10
27164 F9 19 0D 20 E9 ED 5B 0C 40 21 DC 7B 01 18 03 ED
27180 B0 C9 2A 0C 40 11 57 02 19 7E FE 87 C0 2A 0C 40
27196 11 50 50 01 18 03 ED B0 CD AD 4C C9 CD 20 47 AF
27212 32 4A 5E 32 87 56 C9 A0 94 A0 97 89 9F 92 A2 87
27228 8E 98 99 8C 9C 8A 93 A1 95 9E 8B 91 9A 9B 90 96
27244 9D 8F 8D 53 6A E1 D1 D5 E5 7B FE 01 D0 CD B8 68
27260 CD 39 6A 2A E3 43 11 21 00 19 22 E3 43 3A 6F 6A
27276 FE 70 28 24 21 9B 42 35 28 0A CD DF 43 CD E7 69
27292 CD CF 69 C9 36 19 2A 6F 6A 5E 23 22 6F 6A AF 2A
27308 0C 40 ED 52 22 E3 43 C9 21 53 6A 22 6F 6A C9 16
27324 80 2A 0C 40 0E 18 06 20 23 7E 82 77 10 FA 23 0D
27340 20 F4 C9 2A 0C 40 11 06 03 19 36 AD 23 36 A6 23
27356 36 A9 23 36 AE 23 36 B9 C9 80 80 97 80 00 00 E5
27372 11 E5 69 01 04 00 ED B0 E1 C9 E5 EB 21 E5 6A 01
27388 04 00 ED B0 E1 C9 36 B3 23 36 BA 23 36 AE 23 36
27404 B9 C9 E1 D1 D5 E5 7B FE 01 C0 2A E9 6A CD F6 6A
27420 11 22 00 3A 93 67 CB 47 28 02 1E 20 19 22 E9 6A
27436 FE 16 28 0B 3C 32 93 67 CD EB 6A CD 02 6B C9 E5
27452 3E C9 32 F6 6A 3E AC 32 F9 65 3E 8A 32 F5 65 32
27468 FC 65 3E B3 32 00 66 AF 32 28 6B 3E 3E 32 2F 6B
27484 E1 E5 2B 36 AD 23 36 A6 23 36 A9 23 36 AA 23 36
27500 B8 E1 2B 01 80 05 7E 81 77 23 10 FA C9 22 E3 43
27516 21 77 6A 7E FE FE C8 34 C9 01 CF 6B 11 A6 00 2A
27532 0C 40 19 22 C5 48 0A FE 11 28 30 FE 22 28 20 FE
27548 33 28 14 FE 44 C8 FE 40 CB B7 77 28 06 11 00 06
27564 CD C2 41 23 03 18 DF 11 00 56 CD C2 41 18 F5 2A
27580 C5 48 11 21 00 19 22 C5 48 18 E9 11 00 10 CD C2
27596 41 18 E1 79 6D 6A 40 66 6E 72 4E 11 22 6A 78 79
27612 66 67 71 6E 78 6D 72 6A 73 79 40 74 6B 40 79 6D
27628 6A 22 71 66 7C 40 74 6B 40 79 6D 6A 40 67 6A 66
27644 78 79 40 7A 75 74 73 40 79 6D 6A 40 7C 74 77 71
27660 69 5B 22 22 33 79 6D 6A 40 72 6A 79 6D 74 69 4E
27676 11 22 73 74 79 40 78 74 40 6D 6E 69 69 6A 73 40
27692 72 66 6C 6E 68 70 5B 22 22 33 79 6D 6A 40 79 6A
27708 68 6D 73 6E 76 7A 6A 4E 11 22 6E 73 69 7A 68 6A
27724 69 40 6E 73 7B 6E 78 6E 67 71 6A 40 6E 73 79 6A
27740 77 73 66 79 6E 74 73 66 71 22 75 78 7E 68 6D 6E
27756 68 40 77 7A 75 79 7A 77 6A 5B 22 22 22 22 22 33
27772 33 6D 74 7C 40 69 74 40 7E 74 7A 40 6B 6A 6A 71
27788 40 6C 74 6E 73 6C 40 72 66 69 4F 22 33 6D 74 7C
27804 40 69 74 40 7E 74 7A 40 6B 6A 6A 71 40 6C 74 6E
27820 73 6C 40 69 6A 66 69 4F 33 33 33 33 44 2A 0C 40
27836 11 21 00 0E 20 3E 17 C5 23 CD F3 6C 72 0D 20 F8
27852 3D 3D 47 19 CD F3 6C 72 05 20 F8 C1 47 0D C5 2B
27868 CD F3 6C 72 0D 20 F8 C1 0D 05 C8 ED 52 CD F3 6C
27884 72 05 20 F7 47 18 D0 F5 3E 07 3D 20 FD F1 C9 33
27900 33 40 40 40 40 73 74 72 78 40 75 6A 79 77 7A 78
27916 22 33 78 66 74 40 75 66 7A 71 74 5A 40 5D 65 64
27932 62 33 44 01 FB 6C 11 E8 02 C3 8B 6B CD BB 02 2C
27948 C0 2A 0C 40 23 11 00 00 0E 04 1A 06 08 CB 7F 28
27964 04 36 03 18 02 36 00 23 07 10 F2 13 0D 20 EB 23
27980 3A 79 68 3C FE 18 32 79 68 20 DD AF 32 79 68 7A
27996 FE 73 20 02 16 00 ED 53 32 6D 2A 0C 40 11 00 80
28012 0E 18 06 20 23 7E BB 20 01 72 10 F8 23 0D 20 F2
28028 18 AA 2A 0C 40 19 22 94 67 23 22 96 67 0A FE 01
28044 C8 2A 94 67 77 2B 22 94 67 03 0A 2A 96 67 77 23
28060 22 96 67 03 11 80 02 CD C2 41 18 E1 00 32 2A 26
28076 3E 2C 00 2E 31 28 31 30 26 00 00 31 34 34 31 3B
28092 31 2A 2A 37 2D 38 01 39 00 38 2B 37 26 2E 2E 2B
28108 33 00 39 2A 00 2D 32 39 3A 00 37 37 32 26 3A 2A
28124 37 2D 38 01 3A 33 37 33 00 2E 2A 33 32 2C 2E 00
28140 39 34 00 3A 2B 39 34 0F 01 38 39 37 00 2E 35 2B
28156 26 00 31 2A 2A 2D 00 39 38 00 2E 2A 2C 2A 33 38
28172 38 01 33 3A 00 32 2D 27 39 2A 26 37 2A 00 29 39
28188 00 3C 2B 34 34 0F 01 2A 0C 40 11 EB 00 19 3E 1A
28204 36 16 23 3D 20 FA C9 34 38 39 42 0D 45 3D 4F 50
28220 56 57 FE 01 33 6E 2A 0C 40 11 EC 02 19 1E 01 0A
28236 FE FE C8 93 77 1C 1C 1C 03 23 18 F3 CD 1F 6D CD
28252 3F 6E 11 00 CC CD C2 41 C9 38 4E 5C 75 81 8E 3D
28268 51 5F 78 84 8E CD B4 43 CD C2 43 2D 34 37 3A 38
28284 34 13 B0 0B 4D 2C 8F 01 1E 00 11 3C 40 21 65 6E
28300 ED B0 CD 8D 4F C9                          Z80ZX81
```

Adendo 2

PEQUENO ENSAIO SOBRE A ALEATORIEDADE
(Salem Zoar)

Quando criou, ainda jovem, os seis fólios contendo o código de ▄▀▄, Salem Zoar já sabia que o esmo é uma quimera e que não há, neste cosmos e em nenhum outro, tempo ou espaço suficiente para a formação fortuita de ▄▀▄. Sentiu-se então inspirado a escrever seu jocoso e famoso “Pequeno Ensaio sobre a Aleatoriedade”, que dedicou “À sépsis dos cépticos” e é reproduzido nas duas páginas seguintes.

Pequeno Ensaio sobre a Aleatoriedade, p. 1

De acordo com o modelo Lambda-CDM, o universo surgiu 13.821.432.761 anos atrás ou, em segundos,

435872703550896000.

Pequeno Ensaio sobre a Aleatoriedade, p. 2

O número de combinações possíveis dos elementos de é 256^{11862}, ou

[illegible]

Adendo 3a

SALEM ZOAR: MEU PRIMEIRO RUBICÃO

Apenas dois fragmentos autobiográficos de Salem Zoar, nenhum muito elucidativo, chegaram até nós, nos quais descreve os dois rubicões que, justamente por serem rubicões, contribuíram para modelar sua postura visceralmente antiofídica.

O primeiro grande rubicão em minha vida foi ver meus estudos — eu, um antiaceleracionista! — cooptado pelos que haviam se sublevado contra a lentidão. Em retrospecto, contudo, dada a velocidade cada vez maior das coisas, aprendi e aceitei como inevitável que estudos em tempo real de eventos reais não podem senão alimentá-los: com a crescente sincronicidade entre eventos antecedentes e descendentes, ficou fácil antever e fazer acontecer o que se quisesse que acontecesse. Com um pouco de treino, tudo o que eu ou um semelhante a mim porventura antevisse acabava efetivamente acontecendo. Descrever um presente desejado tornou-se o mesmo que realizar o futuro, e estudar o presente sintético, o mesmo que elucidar o passado. Daí a importância de escolher os passados certos.

Mas isso tudo é apenas outra maneira de dizer que o futuro ocorre em tempo real quando é insuflado pelo estudo presente daquilo que é, em essência, o próprio futuro. Assim, eu e meus conterrâneos terráqueos pegamos o senso comum de antes daquela época — "O tempo presente e o tempo passado estão ambos talvez presentes no tempo futuro e o tempo futuro contido no tempo passado; se todo tempo é eternamente presente, todo o tempo é irredimível" (T.S. Eliot, Quatro Quartetos) — e o metamorfoseamos, isto é, tornamos o tempo remível., isto é, resgatável. O que mudou foi a remissão do tempo.

E vejam só no que deu.

A simultaneidade e a interação recíproca de atos e potências não eram novidade nos Penhascos de Cybernia, de onde emanava todo o ardor coloquial pela velocidade. O que distinguiu meus estudos das atividades dos futuristas cibernéticos oriundos daqueles rochedos sinistros (e que, de certo modo, me inocenta) foi o fato de não idolatrarem o logos da techné, isto é, estudei e dominei as três instâncias conhecidas do tempo sem recorrer a espéculos ou espectrômetros. Para mim, tempo real era apenas uma extensão mental do tempo em que a historiografia clássica se desenrola. No entanto, a despeito de estar munido apenas de instrumentos humanistas como bom senso e fé, à maneira dos profetas, transformei o estudo de obras e feitos passados na concretização de realidades futuras, ao menos para mim.

Não é tarefa branda; bem árduo é esse estudo. Vitoriosos, porém, os insurrectos contra a moratória contra a velocidade não quiseram se dar a tanto trabalho, pois grande era sua indolência, como a da maioria dos revoltosos. Foi precisamente essa moleza que os levou à desastrada e desastrosa terceira via de controle atemporal do futuro, que logo recebeu o selo de aprovação dos Penhascos de Cybernia: muito mais fácil que esquadrinhar o passado é extirpar paulatinamente o inesperado do presente. E assim se fez. Sem o fortuito, a vida dos terráqueos se tornou bem mais tediosa, mas a eliminação de influências zodiacais, climáticas, dialéticas, logomáquicas, serendipitosas e até aleatórias assegurou que o futuro seria o que se queria que fosse. Não poucos futuros aconteceram, e até guerras foram travadas, apenas por obra de burocratas enfurnados em gabinetes e dedicados a amofinar e dessaborear o presente.

Todavia, por mais que os terráqueos se dedicassem dia e noite a reduzir a variabilidade do mundo e a despeito de todos os avançadíssimos artefatos controladores produzidos nos Penhascos de Cybernia, a expunção de todas as variáveis e interações do presente também é difícil e estafante. Exige devoção e mediocrização implacáveis, satânicas mesmo, pois não é qualquer um que consegue proscrever o inesperado do cotidiano. Só Leviatã o faz. E como os pobres terráqueos sempre foram atavicamente humanos, às vezes dava-lhes vontade imensa de procrastinar um pouco, de reiterar uma palavra ou elocução, de ficar mais cinco minutos no banho quente, de prolongar uma soneca na rede, de deixar essa história toda de futuro pra lá. Afora isso, antes mesmo de se tornarem imortais, suas famílias eram estendidas e imensas, e consumiam quase toda a sua atenção. E o sono (dos que ainda conseguiam dormir) e a devoção ao trabalho infecundo tomavam praticamente todo o tempo restante.

Com isso, a construção do futuro, como a de Babel, começou a atrasar e remanchar, e tudo parecia indicar que os apressadíssimos terráqueos não teriam tempo suficiente para continuarem criando-o. Embora julgassem saber tudo o que queriam do futuro, não perceberam que, com a promulgação da vitória da velocidade, haviam firmado um tétrico pacto fáustico, pois uma vez controlado o futuro, para não perdê-lo é preciso continuar controlando o presente para o eterno sempre. O perigo, do ponto de vista ontogênico e filogênico, é que, se o futuro atrasar, acabará mesclando-se com o presente; e, se continuar atrasando, amalgamar-se-á com o passado. Com isso, em breve chegará o dia em que, ineptos no controle do presente do futuro, acabaremos escarafunchando e engendrando o passado do presente, como um sistema de estocagem just-in-time desgovernado. Aí sim a porca torcerá o rabo. Se chegarmos ao passado ou o passado vier até nós e, cada vez mais alentecidos, o ultrapassarmos à maneira celerada de táquions acelerados, aonde iremos parar? Conseguiremos refazê-lo ipsis litteris, à maneira do pesadelo de Nietzsche, para que o mesmo presente que o gerou volte a existir? Ou acabaremos presos no passado de um presente alternativo, forçados a abdicar para sempre dos desejos dos nós-mesmos atuais?

Adendo 3b

SALEM ZOAR: MEU SEGUNDO RUBICÃO

Vê-se neste fragmento como Salem Zoar tentou coadunar, sem muito sucesso, o serpentário dos códigos programáticos com sua militância antiofídica e antiorobórica.

A despeito da complexidade interlógica dos 23724 caracteres de ▄▀▄, o artefato parecia-me inerte enquanto eu o programava; constituído apenas de dígitos e letras, parecia inócuo; engendrado na linguagem que só algumas máquinas entendiam, parecia inofensivo e indecifrável, pois como todo software, as presciências de sua narrativa descritiva do futuro do futuro só se tornariam operantes e visualizáveis quando decodificadas por uma máquina computacional compatível.

(Isso, é claro, foi antes da simbiose entre o faz de conta do software e a materialidade do hardware, que criou a prisão da coisa única, forçou um a prescindir do outro e obsoletou as carunchentas máquinas de decifração computacional.)

Muitos foram meus périplos e peripécias e grande a minha aflição durante a programação do artefato que faria o futuro efetuar-se. Só evadi o fracasso quando adotei uma solução rutilante, mirabolante, cabriolante, aparentemente desconexa: enjeitar a vaidade e a cobiça que costumam carcomer a inteligência de quem cria tais artefatos. E prestei juramento de dar o máximo de mim para não render culto a artefatos que criam futuros, sejam eles a epifania dos espéculos e espectrômetros ou um legado ilegítimo do alfa e do ômega. O esforço todo consistiu em despir-me de húbris, contemplar a nudez da minha ignorância, fazer-me aprendiz e dedicar-me sobretudo ao estudo de tudo o que se pensara, hipotetizara, enunciara e divulgara no passado sobre artefatos alienígenas e as máquinas maravilhosas que os ativam.

Em meio aos éons, aprendi a confutar o falso. E comandei o código. E serenei-me para enfrentar os demônios e criar o futuro que, malgrado sabia eu, logo se tornaria inadvertidamente pretérito, numa espécie de causação invertida.

A alternativa, o modus operandi da escória vitoriosa dos Penhascos de Cybernia, seria adotar a incoerência sofisticada da academia, o método da arrogância sem altivez e do brio sem honra, e sair por aí digitando profusamente, como que a esmo, ou adquirindo códigos prefabricados, como tantos faziam, confiante de que repetições aceleradíssimas do pouco ou do nada bastariam para dar conta do recado.

Ao nascer um santificado dia sem oráculos, com plena serenidade e sem receio ou trepidação, digitei [RAND] [USR] [16154] e, como se houvesse cacarejado "Abre-te, Sésamo", ativei ▄▀▄ na primitivíssima máquina computacional que eu adquirira por ser a mais barata.

Com placidez forçada, deixei-me enlevar pela narrativa que se desenrolava no visor mentalográfico e que, ao desenrolar-se, foi criando futuros múltiplos no espaço ao meu redor e no tempo e templo de minha mente, os únicos futuros que durante meu longo e lânguido ordálio teriam autovalor.

A fabulosa preleção de ▄▀▄ foi permeando-se aos poucos, imiscuindo-se e impregnando-se em mim e no meu entorno, como faz todo software ativado. Embevecido e encharcado com as miríades de centelhas cintilantes do que eu fizera ter acontecido e intimara vir a acontecer, sobreveio-me e impôs-se a mim simbiose brusca com a narrativa pantalifúsia de intermináveis porvindouros e tribulações.

E surtei e engasguei quando vi o fim do começo do fim do começo sem fim que Deus começara.

Adendo 4

O DIA DE 28 HORAS

Fica mais fácil entender a vida cotidiana de Salem Zoar e seus contemporâneos se soubermos que, pouco antes da primeira geração de imortais, foram adotados o dia de 28 horas, muito mais eficiente que o de vinte e quatro, e a semana de seis dias. Segundo os registros historiográficos de Salem Zoar, a ideia original surgiu na protointernet algumas décadas após o ressurgimento do rei de Angolmois. Como mostra o diagrama na página 185 (otimizado para equinócios e amplamente distribuído na época para exaltar as vantagens do novo dia), os terráqueos haviam enfim se libertado das tiranias da luz solar e do sábado, e adotado um cotidiano mais congruente com quem realmente eram.

(Abdicaram finalmente dessa bobajada de dia sagrado, como se órbitas, rotações e translações tivessem em si mesmas a capacidade de diferenciar um dia do outro. Mesmo que, lá longe no passado do passado, tivesse havido um dia primordial diferente dos outros, nenhum poder centralizado persistira ao longo de milênios de convulsões civilizacionais, cataclismos naturais, períodos ahistóricos e trocas de calendário para computar com tanta certeza a passagem dos dias e das semanas: "Ai daqueles que matam e morrem por uma sexta-feira ou um sábado ou um domingo que podem muito bem ser terça ou quarta ou quinta-feira!", como advertiu AtmanKadmon.)

Os benefícios do dia de 28 horas foram inúmeros. A duração das horas continuou a mesma, mas a frequência de tarefas diárias repetitivas, como cozinhar e fazer a cama, caiu de sete para seis por semana, sem detrimento de todos continuarem trabalhando as quarenta horas semanais compulsórias (embora, como se saiba, trabalho chamava-se agora "devoção"). Quando ainda os locais de devoção não haviam começado a se deslocar até nós, só era preciso nos deslocarmos até eles quatro vezes por semana, não cinco ou seis. Se antes tínhamos seis horas fora do trabalho para nos dedicarmos às artes, ao ócio e ao gozo, agora tínhamos sete para nos entregarmos a vigílias de reflexão sobre nossa iminente imortalidade. Os períodos de descanso semanal (pois o corpo humano, malgré tout, continuava exigindo repouso periódico para ser maximamente produtivo) eram sempre prolongados, com oito horas adicionais de vigília e duas horas adicionais de sono, comparado com o regime aburguesado anterior. Por fim, houve perceptível redução do enfado cotidiano, pois cada dia possuía agora peculiaridades específicas de claridade/escuridão: no dia Éna, por exemplo, despertava-se com o nascer do Sol, como sempre se fizera, mas no dia Tésera despertava-se quando o Sol se punha e ia-se dormir com o Sol a pino.

O dia de 28 horas mostrou-se tão vantajoso que só seria abandonado com o advento de OmniOrb, quando a imperecibilidade da cidadela tornou prescindíveis o repouso, o agrupamento dos dias em semanas, meses, anos e séculos, as comemorações de nascimento e falecimento, e cada um pôde enfim criar os dias e as noites do seu tempo a seu próprio tempo.

O DIA DE 28 HORAS

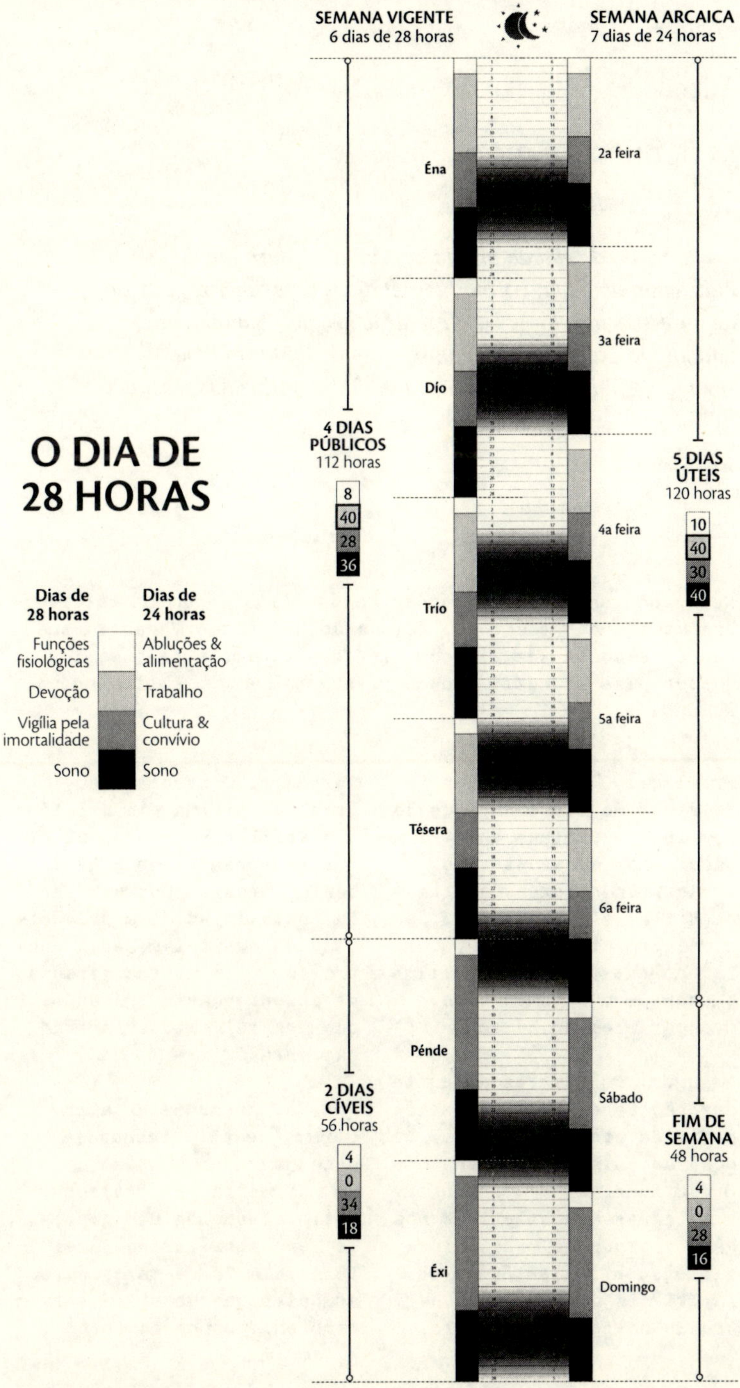

SEMANA VIGENTE
6 dias de 28 horas
SEMANA ARCAICA
7 dias de 24 horas
Dias de 28 horas
Dias de 24 horas
Funções fisiológicas
Abluções & alimentação
Devoção
Trabalho
Vigília pela imortalidade
Cultura & convívio
Sono
Sono
Éna
Dío
Trío
Tésera
Pénde
Éxi
2a feira
3a feira
4a feira
5a feira
6a feira
Sábado
Domingo
4 DIAS PÚBLICOS
112 horas
8
40
28
36
2 DIAS CÍVEIS
56 horas
4
0
34
18
5 DIAS ÚTEIS
120 horas
10
40
30
40
FIM DE SEMANA
48 horas
4
0
28
16

Adendo 5

AS DEZ DECLARAÇÕES

Nada restou do estudo preliminar da loucosfera que Salem Zoar empreendeu na protointernet antes da primeira geração de imortais, exceto As Dez Declarações, um "amálgama imaculado" ou o "documento-síntese da hodiernidade", segundo a imprensa da época, que são reproduzidas a seguir.

As Dez Declarações

Estas são as dez declarações mandatárias de um extraterrestre atualmente encarnado feitas ao Culto das Pacas Mortas sobre relações sexuais com híbridos e clones na pirâmide de Queóps para produzir abduções, eugenia e o projeto Genoma Humano.

Primeira. O aborto do ponto de vista do diabo depende de novilhas vermelhas aceitáveis aos sacerdotes de Israel, às conexões ocultas de Hitler e à tripulação de nível evolutivo acima do humano que ofereceu a última chance para a humanidade avançar além do humano.

Segunda. Os membros do culto deverão beber água oxigenada a fim de provocar mutilações de animais na Nova Ordem Mundial, criar sinais e milagres apocalípticos nos céus e produzir microchips biológicos implantáveis ou injetáveis durante a construção do terceiro templo.

Terceira. O terceiro segredo de Fátima e o Relatório Krill tornarão possível uma ressonância de 5 Hz dos esfíncteres em Montauk para que seja invadida a privacidade do quartel-general controlado pela última geração de alienígenas no governo, que ensaia destruir a tradição cristã.

Quarta. Astronautas afirmaram que alienígenas já desembarcaram e atacaram os movimentos religiosos antibiotecnológicos depois de Deus aparecer no Canal 18 no dia 25 de março para anunciar que as armas servem como anticorpos do corpo político contra terroristas que estão de posse de documentação científica provando que as escrituras foram produzidas por uma civilização avançada adepta da náusea santa, do vômito sagrado e do poder demoníaco.

Quinta. O rito para evocar o demônio no dia dos pais criará um gigantesco buraco no ozônio sobre a Rússia, segundo a cronologia do período da tribulação e do novo éon, quando se propagará uma raça de seres gerados magicamente, capazes de sondar dimensões extraterrenas, que formarão o movimento de extinção humana voluntária.

Sexta. Esta é a última chance para evacuar a Terra antes de sua reciclagem na principal data profana do ocultismo, quando os oito grandes rituais sabáticos decretarão o estatuto legal do embrião e do feto e dispositivos de controle mental com tecnologia Orion explorarão a consciência e o tempo a fim de rastrearem seres humanos por meio de biochips.

Sétima. A ressurreição de John Lennon determinou a data precisa da Crucifixão e forçou a criação de planos para o arrebatamento após a tribulação, na Era do Apocalipse, devido a um erro cometido por Legião, o viajante no tempo, que fez com que a ciência e a filosofia no contexto das abduções por alienígenas requeressem proteção jurídica para experimentos com armas químicas e biológicas na população.

Oitava. Este é um guia de sobrevivência para após a tribulação, para após a ascensão e rápida queda da destreza cibernética e dos sinais dos círculos em plantações criados por visitantes alienígenas, contendo o significado divino do sistema do esqueleto e da igreja fundada por bengalês filho de pai extraterrestre.

Nona. A Confraria dos Objetos Abstratos e a Sociedade das Bênçãos do Riso Santo são o ponto de encontro centralizado para um segmento da população retornando do futuro e promovem a expectativa de um templo que descerá do céu e o recebimento de mensagens dos que foram abduzidos por óvnis.

Décima. Embriões congelados abandonados revelam os portais do inferno e orientam os humanos em meio às informações transmitidas pelos zetas em resposta a indagações feitas a seu emissário sobre as transformações que o mundo está prestes a sofrer e sobre o efeito-Disney, que torna o clima propício aos transsexuais.

Glossário de acrônimos e termos obscuros

Enquetesimenãtenas
entes que teria sido melhor não terem nascido

Fequenechea-veludias
fetos que nem chegaram a ver a luz do dia

Froidocobrenicanos
fanzocas dos besteiróis de Sujismundo Freud e
Viramundo Copérnico

Grasedetuquetefodemos
grande senhor de tudo que tem forma de mosca,
criador da transitoriedade e da ilusão de materialidade

Nãomultiplicacionistas
avaros amantes da especulação e da ejaculação

Sehurenas
seres humanos recém-nascidos

Ilustrações

Kraus von Secca

Um pequeno Big Bang, acrílico s/tela (capa)

Um universo além do horizonte de eventos, óleo s/tela (p. 4)

Comendo pelas bordas, calcografia (p. 164-65)

Tomas Smolek

Círculo fractal azul e verde simbolizando Oroboro (p. 49)

www.laranjaoriginal.com.br

Assessoria editorial Marcelo Girard
Projeto e diagramação Carlos Malferrari
Produção executiva Bruna Lima

Dados Internacionais de Catalogação na Publicação (CIP)
(Câmara Brasileira do Livro, SP, Brasil)

Malferrari, Carlos
O delírio filosófico do historiador Salem Zoar /
Carlos Malferrari; [ilustrações Kraus von Secca,
Tomas Smolek] – 2a ed. – São Paulo, SP:
Editora Laranja Original, 2023.

ISBN 978-65-86042-67-2

1. Ficção brasileira I. Von Secca, Kraus.
II. Smolek, Tomas. III. Título.

23-147866 CDD-B869.3

Índices para catálogo sistemático:
1. Ficção: Literatura brasileira B869.3
Tábata Alves da Silva - Bibliotecária - CRB-8/9253-0

Laranja Original Editora e Produtora Eireli
Rua Capote Valente, 1198
05409-003 São Paulo SP
Tel. 11 3062-3040
contato@laranjaoriginal.com.br

Este livro foi composto em *PT Astra Serif*, geopoliticamente desenhada por Alexandra Korolkova e Isabella Chaeva. Susan Townsend desenhou *Ebola*, a fonte da capa, e *VT Remington Portable*, utilizada nos fólios de ▄▀▄ e nas pesquisas de Salem Zoar reproduzidas nos Adendos. As recordações de Salem Zoar nos Adendos 3a e 3b foram compostas em *Veteran Typewriter*, de autoria desconhecida. *CronosPro*, de Robert Slimbach, foi adotada no diagrama do dia de 28 horas.

Um dia similar de 28 horas foi proposto por http://www.dbeat.com/28, atualmente extinto. O cálculo das combinações possíveis dos bytes de ▄▀▄ foi efetuado pelo Online Big Number Calculator, https://defuse.ca/big-number-calculator.htm.

Este livro foi impresso em papel Pólen 90g pela gráfica Psi7/Book7, com tiragem de 200 exemplares, em abril de 2023.